ÚLTIMA NOITE

JAMES SALTER

Última noite

e outros contos

Tradução
Samuel Titan Jr.

Copyright © 1988 by James Salter (*Dusk and other stories*)
Copyright © 2005 by James Salter (*Last night*)

Títulos das coletâneas originais
Dusk and other stories
Last night

Capa
Kiko Farkas/ Máquina Estúdio
Luciano Drehmer/ Máquina Estúdio

Imagem de capa
David Hockney: *Casa, das ilustrações para seis contos de fadas
dos irmãos Grimm* (1969). Água-forte, 43cm × 31cm.
© 2008 by David Hockney

Preparação
Leny Cordeiro

Revisão
Roberta Vaiano
Daniela Medeiros

Dados Internacionais de Catalogação na Publicação (CIP)
(Câmara Brasileira do Livro, SP, Brasil)

Salter, James
   Última noite e outros contos / James Salter ; tradução
Samuel Titan Jr. — São Paulo : Companhia das Letras, 2008.

   Título original : Dusk and other stories/ Last night.
   ISBN 978-85-359-1278-4

   1. Contos norte-americanos I. Título.

08-05789   CDD-813

Índice para catálogo sistemático:
1. Contos : Literatura norte-americana   813

[2008]
Todos os direitos desta edição reservados à
EDITORA SCHWARCZ LTDA.
Rua Bandeira Paulista, 702, cj. 32
04532-002 — São Paulo — SP
Telefone: (11) 3707-3500
Fax: (11) 3707-3501
www.companhiadasletras.com.br

A George Plimpton, *hadada*

Sumário

Akhnilo, 9
Crepúsculo, 16
Vinte minutos, 23
A destruição do Goetheanum, 32
Cometa, 49
Os olhos das estrelas, 58
Meu Senhor, Vós, 71
Tão divertido, 91
Entregar, 103
Platina, 112
Palm Court, 130
Bangcoc, 144
Arlington, 154
Última noite, 161

Akhnilo

Era fim de agosto. No porto, os barcos estavam imóveis, nenhum mastro se mexia, nenhuma polia retinia. Os restaurantes tinham fechado havia tempo. Um carro ocasional, os faróis brilhantes, cruzava a ponte, vindo de North Haven, ou descia pela Main Street, passando pelas cabines de telefones arrebentados. Na estrada, as discotecas se esvaziavam. Passava das três da manhã.

Fenn acordou no meio da escuridão. Pensou que tinha ouvido alguma coisa, um som baixinho, o ranger de uma mola como a da tela da porta da cozinha. Ficou quieto no calor da cama. A mulher dormia tranqüilamente. Esperou. A casa não estava fechada, apesar dos muitos casos de furto ou coisa pior perto da cidade. Ouviu um leve baque. Não se mexeu. Vários minutos passaram. Sem fazer barulho, levantou-se e foi até o vão estreito da porta, de onde alguns degraus levavam à cozinha. Parou ali. Silêncio. Mais um baque e um gemido. Era Birdman caindo de novo no chão.

Lá fora, as árvores pareciam reflexos negros. As estrelas estavam encobertas. As únicas galáxias eram os sons de insetos que preenchiam a noite. Olhou pela janela aberta. Ainda não estava seguro de ter ouvido alguma coisa. Quase podia tocar as folhas da faia imensa que pendia sobre a varanda dos fundos. Por um tempo que lhe pareceu longo, examinou a área de sombra junto ao tronco. Na imobilidade de tudo, sentia-se visível mas também estranhamente receptivo. Seus olhos vagavam de uma coisa a outra nos fundos da casa, as pálidas colunas coríntias da pérgula do vizinho, a sebe misteriosa, a garagem de soleira carcomida. Nada.

Eddie Fenn era carpinteiro, apesar de ter estudado em Dartmouth e se formado em história. Quase sempre trabalhava sozinho. Tinha trinta e quatro anos. Tinha o cabelo ralo e o sorriso tímido. Nada de muito mais. Havia alguma coisa de apagado nele. Quando era mais jovem, dizia-se que era um talento, mas jamais se aventurara de verdade na vida, ficara perto da costa. A mulher, alta e míope, era de Connecticut. O pai dela tinha sido banqueiro. *De Greenwich e Havana*, dizia o anúncio fúnebre nos jornais. Ele cuidara da filial de um banco de Nova York por lá, quando ela era criança. Isso quando Havana era uma lenda e os milionários cometiam suicídio depois de fumar o último charuto.

Os anos tinham passado. Fenn olhou para a noite lá fora. Tinha a sensação de ser o único ouvinte de um mar de gritos sem fim. Deixava-se impressionar por aquela vastidão. Pensou em tudo que estava oculto por trás daquilo, os gestos desesperados, os desejos, as surpresas fatais. Naquela tarde, ele vira um tordo bicando alguma coisa perto do limite da grama, pegando, jogando no ar, pegando de novo: um sapo, as patinhas hirtas estiradas em leque. O passarinho voltou a jogá-lo para cima. Os musaranhos cegos caçavam sem descanso por túneis vorazes, as línguas pontudas dos répteis sondavam o ar, sentia-se um abdômen triturado, a passividade das vítimas, o suave estertor do acasalamento. As filhas de Fenn dormiam na sala. Nada está seguro por mais de uma hora.

Parado ali, teve a sensação de que o som se alterava, não sabia bem como. Parecia isolar-se, como se permitisse que algo se destacasse dele, algo de cintilante e remoto. Tentou aos poucos identificar o que estava ouvindo como um grilo, uma cigarra, mas não, era alguma outra coisa, algo de febril e estranho que ganhava mais nitidez. Quanto mais atenção punha em ouvir, mais esquivo parecia o som. Tinha medo de se mover e perdê-lo. Ouviu o pio suave de uma coruja. A escuridão absoluta das árvores pareceu iluminar-se, e com ela também aquela nota singular e estridente.

Sem alarde a noite se abrira. O céu se revelava, as estrelas brilhavam fracamente. A cidade dormia, calçadas desertas, jardins em silêncio. Ao longe, em meio aos pinheiros, via-se a cumeeira de um celeiro. O som vinha de lá. Ainda não conseguia identificá-lo. Precisava chegar mais perto, descer e sair pela porta, mas assim talvez o perdesse, o som podia se calar, em alerta.

Teve uma idéia perturbadora, que não pôde deixar de lado: o som *estava* em alerta. Trêmulo, repetindo-se e repetindo-se por cima dos demais, o som parecia chegar só até ele. O ritmo não era constante. Acelerava, hesitava, continuava. Era menos um grito instintivo e mais uma espécie de sinal, de código, diferente de tudo que ele ouvira antes, não uma série de pulsos curtos e longos, mas algo de mais intricado, de certo modo quase como uma fala. A idéia o assustou. As palavras, se é que eram palavras, eram tênues e pungentes, mas ele tremeu como se fossem a senha de um cofre.

Sob a janela ficava o telhado da varanda. A inclinação era suave. Parou ali, perfeitamente imóvel, como perdido em pensamentos. O coração batia com força. O telhado parecia largo feito uma rua. Teria que ir atrás daquilo, esperando não ser visto, movendo-se em silêncio, sem gestos bruscos, parando para sentir se havia alguma mudança no som a que ele estava agora completamente atento. A escuridão não o protegeria. Ele entrava numa noite de incontáveis redes e olhos irrequietos. Não tinha certeza se devia fazer aquilo, se ousava. Uma gota de suor brotou e correu pelo torso nu. Incansável, o chamado persistia. As mãos de Fenn tremiam.

Soltando a tela da janela, ele a baixou com cuidado e a encostou na parede. Movia-se em silêncio, como uma serpente, por cima do telhado de um verde esmaecido. Olhou para baixo. O chão parecia distante. Teria que se pendurar no telhado e se soltar, leve como uma aranha. Ainda via a cumeeira do celeiro. Movia-se na direção da estrela polar, podia sentir. Era quase como se estivesse caindo. O gesto era atordoante, irreversível, e o levaria aonde nada do que possuía poderia protegê-lo, descalço, sozinho.

Ao cair no chão, Fenn sentiu um arrepio pelo corpo todo. Estava para ser redimido. Sua vida não tomara o rumo que ele esperava, mas ele ainda se achava um ser especial, que não pertencia a ninguém. Na verdade, tinha uma idéia romântica do fracasso. Quase fora a sua meta. Esculpia pássaros em madeira, ou tinha esculpido. As ferramentas e os blocos de madeira parcialmente moldados estavam sobre uma mesa no porão. A certa altura, quase se tornara um naturalista. Alguma coisa nele, o silêncio, a disposição a ficar de lado, vinha a calhar. Em vez disso, começou a produzir mobília com um amigo que tinha algum capital, mas o negócio deu errado. Começou a beber. Certa manhã, acordou ao lado do carro, deitado junto aos sulcos de pneu da vereda, a velha senhora que vivia do outro lado da rua afugentando o cachorro. Entrou em casa antes que as filhas o vissem. Estava a um passo, disse o médico, de se tornar um alcoólatra. As palavras o espantaram. Isso fora há muito tempo. A família o salvara, mas não sem custo.

Parou. O chão era firme e seco. Foi até a sebe e cruzou a vereda do vizinho. O som que o trespassava era mais claro agora. Seguindo-o, passou por casas que mal reconhecia pelos fundos, por quintais abandonados em que latas e detritos se escondiam na

12

grama escura, por galpões que ele jamais vira. O terreno começava a descer suavemente, estava se aproximando do celeiro. Podia ouvir a voz, *sua* voz, ressoando mais para o alto. Vinha de algum lugar do espectral triângulo de madeira que se elevava como a face de uma montanha distante que se aproxima repentinamente de uma curva da estrada. Movia-se vagarosamente em sua direção, com o medo de um explorador. Mais acima, ouvia a corrente tênue que trinava. Aterrorizado com a proximidade, parou e ficou quieto.

De início, ele recordaria mais tarde, não significava nada, era brilhante demais, puro demais para isso. Continuava a ressoar, mais e mais insano. Fenn não conseguia identificar, não conseguia repetir, não conseguia sequer descrever o som. Ganhara volume, pusera todo o resto de lado. Parou de tentar entendê-lo e, em vez disso, deixou que o percorresse, que o invadisse como um canto. Devagar, como um padrão que muda de aparência quando é observado e começa a tomar outra dimensão, o som se alterou inexplicavelmente e expôs seu núcleo real. Começou a reconhecer. Afinal *eram* palavras. Não tinham sentido nem antecedentes, mas eram sem dúvida uma linguagem, a primeira a se deixar ouvir de uma ordem mais vasta e mais densa que a nossa. Logo acima, na superfície esbranquiçada, desesperado, suplicante, estava o pioneiro sem nome.

Numa espécie de êxtase, Fenn chegou mais perto. Imediatamente percebeu o erro. O som hesitou. Ele fechou os olhos, num espasmo, mas era tarde demais, o som vacilou e parou. A toda a sua volta, as vozes retiniram. A noite estava repleta delas. Virou-se para um lado e para o outro, na esperança de encontrá-la, mas a coisa que ele ouvira já se fora.

Era tarde. O céu começava a ganhar um tom pálido. Fenn estava junto ao celeiro com os fragmentos de um sonho que se tenta recordar a custo: quatro palavras, distintas e inimitáveis, que ele criara. Protegendo-as, concentrando-se nelas com toda a força que tinha, começou a levá-las de volta. O barulho dos insetos parecia mais alto. Tinha medo de que alguma coisa acontecesse, que um cão latisse, que uma luz se acendesse num quarto e o distraísse, que ele afrouxasse a mão. Tinha que voltar sem ver nada, sem ouvir nada, sem pensar. Repetia as palavras consigo enquanto caminhava, os lábios se moviam sem parar. Mal ousava respirar. Podia ver a casa. Estava cinzenta agora. Não havia luz nas janelas. Tinha que chegar até lá. O som das criaturas noturnas parecia aumentar com raiva e tormento, mas ele estava além disso. Estava fugindo. Percorrera uma distância imensa, estava chegando à sebe. A varanda não estava longe. Subiu no parapeito, a beira do telhado a seu alcance. A calha era firme, ele se ergueu. Sentiu o calor do asfalto quebradiço e esverdeado sob os pés. Passou uma perna pelo peitoril, depois a outra. Estava seguro. Instintivamente, tomou distância da janela. Conseguira. Lá fora, a luz parecia débil e histórica. Uma aurora espectral começou a atravessar as árvores.

De repente, ele ouviu o chão estalar. Alguém estava ali, uma figura à luz suave e sem cor. Era sua mulher, ficou pasmo diante da imagem dela, apertando a camisola de algodão contra o corpo, o rosto simplificado pelo sono. Fez um gesto de alerta.

"O que foi? O que aconteceu?", ela sussurrou.

Não, ele implorou, balançando a cabeça. Uma palavra se perdera. Não, não. Ela se agitava e desfazia como uma coisa qualquer lançada ao mar. Ele tentava agarrá-la às cegas.

Ela o abraçou. Ele se afastou abruptamente. Fechou os olhos.

"Meu bem, o que foi?" Ele estava perturbado, ela sabia. Ele jamais se recuperara por inteiro das dificuldades. Muitas vezes ele acordava no meio da noite, ela o encontrava sentado na cozinha, o rosto velho e cansado. "Venha para a cama", ela convidava.

Ele fechava os olhos com firmeza e tapava os ouvidos com as mãos.

"Você está bem?", ela perguntou.

A devoção dela dissolvia tudo, as palavras estavam caindo por terra. Ele começou a girar em desespero.

"O que foi, o que foi?", ela exclamou.

A luz vinha de toda parte, avançando pelo gramado. O sussurro sagrado esvanecia. Não tinha um minuto a perder. As mãos coladas à cabeça, correu até a sala atrás de um lápis, com ela correndo atrás, pedindo que lhe dissesse o que havia. Estavam sumindo, só restava uma, inútil sem as outras, e contudo de valor infinito. Enquanto ele escrevia, a mesa se mexeu. Um quadro tremeu na parede. A mulher, segurando os cabelos de lado com uma das mãos, examinava de perto o que ele escrevera.

Dena, de camisola, surgira no vão da porta, despertada pelo barulho.

" O que foi?", ela perguntou.

"Me ajude", a mãe exclamou.

"Papai, o que foi?"

As mãos das duas estendiam-se para ele. No vidro do quadro, um quadrado brilhante de azul e verde estremecia, a folhagem luminosa das árvores. As vozes incontáveis recuavam, voltando ao silêncio.

"O que foi, o que foi?", a mulher implorava.

"Papai, por favor!"

Ele balançou a cabeça. Estava quase chorando quando tentou se livrar das duas. De repente, descambou para o chão e ficou sentado ali, e para Dena recomeçou uma época que ela lembrava dos primeiros anos de escola, quando a tristeza tomava conta da casa e as portas batiam com força e o pai, cheio de afeição desajeitada, entrava no quarto das filhas para contar histórias de ninar e acabava adormecendo ao pé da cama dela.

Crepúsculo

A sra. Chandler estava sozinha na janela, quase na frente do letreiro de neon que dizia em caracteres pequenos e vermelhos: CARNES SELECIONADAS. Parecia examinar as cebolas, segurava uma na mão. Não havia mais ninguém na loja. Vera Pini estava sentada ao caixa, usando um guarda-pó branco e olhando para os carros que passavam. Lá fora, o céu estava encoberto e o vento soprava. O tráfego passava num fluxo quase contínuo. "Hoje nós estamos com um brie bastante bom", Vera observou sem se mexer. "Acabamos de receber."

"É bom mesmo?"

"Muito bom."

"Então está bem, vou levar um pouco." A sra. Chandler era uma cliente fiel. Não ia ao supermercado no limite da cidade. Era uma das melhores clientes. Tinha sido. Já não comprava tanto.

As primeiras gotas de chuva apareceram na vitrine. "Olhe só, começou", disse Vera.

A sra. Chandler virou a cabeça. Viu os carros passando. Como anos atrás. Por alguma razão, deu consigo pensando nas muitas vezes em que pegara o carro ou tomara o trem, vindo para o campo, descendo no meio da escuridão para a plataforma longa e vazia, onde o marido ou um dos filhos esperava por ela. Fazia calor. As árvores eram enormes e negras. Oi, querido. Oi, mãe, fez boa viagem?

O letreirinho de neon brilhava forte contra o cinza, do outro lado da rua ficava o cemitério e estava o seu carro, um carro importado, muito limpo, estacionado junto à porta, na contra-mão. Ela sempre fazia isso. Era uma mulher que levava a vida à sua maneira. Sabia como dar um jantar, cuidar dos cachorros, entrar num restaurante. Tinha seu jeito de responder a convites, de se vestir, de ser quem ela era. Hábitos incomparáveis, por assim dizer. Era uma mulher que tinha lido livros, jogado golfe, compa-recido a casamentos, que tinha boas pernas e enfrentara tempes-tades, uma bela mulher que ninguém mais queria agora.

A porta se abriu e um fazendeiro entrou. Usava botas de bor-racha. "Oi, Vera", ele disse.

Ela olhou para ele. "Não saiu para caçar?"

"Molhado demais", ele respondeu. Era velho e não jogava conversa fora. "Tem muito lugar por aí com água até o tornozelo."

"Meu marido saiu."

"Se você tivesse me avisado antes", o velho disse com uma ponta de malícia. Seu rosto fora quase todo apagado pelo sol. Des-botara como um selo velho.

O tempo estava bom para a caça, chuvoso e enevoado. A tem-porada tinha começado. Ao longo do dia, ela ouvira o som de tiros esparsos, e por volta do meio-dia uma revoada de seis gansos pas-sara em confusão por cima da casa. Ela estava na cozinha e ouvi-ra os gritos tolos e estridentes. Viu-os passar diante da janela. Voa-vam baixo, rente às árvores.

A casa ficava no meio de campos de cultivo. Do andar de cima, viam-se celeiros e cercas. Era uma casa bonita; por muitos anos a sra. Chandler tivera a sensação de que era uma casa única. O jardim era cuidado, a madeira, empilhada, as telas, em bom estado. Dentro, a mesma coisa, tudo bem escolhido, os sofás brancos e macios, os tapetes e as poltronas, os cristais suecos que davam tanto gosto de se ver, os lustres. Esta casa é a minha alma, ela costumava dizer.

Lembrou-se da manhã em que o ganso apareceu no gramado, um ganso grande, de pescoço negro e comprido e a barbela branca, ali, a menos de cinco metros. Ela correra até a escada. "Brookie", ela sussurrou.

"O que é?"

"Desça aqui. Sem fazer barulho."

Foram até a janela e dali a outra, olhando sem respirar.

"O que ele está fazendo tão perto da casa?"

"Não sei."

"É grande, não é?"

"Muito."

"Mas não feito o Dancer."

"Mas o Dancer não sabe voar."

Não resta mais nada agora, nem pônei, nem ganso, nem menino. Lembrou-se da noite em que voltaram de um jantar com os Werner em que estava uma moça de feições muito puras, que terminara o casamento para estudar arquitetura. Rob Chandler não dissera nada, simplesmente ouvira, distraído, como quem ouve as notícias de sempre. À meia-noite, na cozinha, tendo fechado a porta, ele contou tudo. Dera as costas para ela e estava de frente para a mesa.

"O quê?", ela dissera.

Ele começara a repetir, mas ela o interrompera.

"O que você está dizendo?", ela dissera, entorpecida.

Ele conhecera outra pessoa.

"Você o quê?"

18

Ela ficou com a casa. Foi uma última vez ao apartamento da rua 82, com as janelas grandes das quais, apertando-se a face contra o vidro, via-se a escadaria do Metropolitan Museum. Ele se casou de novo um ano depois. Ela perdeu o rumo por algum tempo. Sentava-se à noite na sala de estar vazia, a ponto de se abandonar, sem querer comer, sem querer fazer nada, acariciando a cabeça do cachorro e conversando com ele, aninhada no sofá às duas da manhã sem ao menos trocar de roupa. Fora tomada por um cansaço mortal, mas então se sacudiu, começou a ir à igreja e voltou a usar batom.

Voltando agora das compras para casa, viu grandes nuvens de chumbo com pontos de luz se movendo acima das árvores. O vento soprava em rajadas. Quando fez a curva, viu um carro na entrada. Alarmou-se por um instante e então o reconheceu. Um vulto veio se aproximando.

"Oi, Bill", ela disse.

"Vou lhe dar uma mãozinha." Ele pegou a sacola maior e a seguiu até a cozinha.

"Pode deixar em cima da mesa", ela disse. "Assim está bom. Obrigada. E você, como anda?"

Ele vestia uma camisa branca e uma jaqueta esportiva, que devia ter sido cara no passado. A cozinha parecia fria. Ao longe, um débil estalido de armas de fogo.

"Entre", ela disse. "Está um gelo lá fora."

"Só passei para saber se você não tinha nada para ajeitar antes que o frio comece."

"Ah, sei. Bem", ela disse, "tem o banheiro de cima. Você acha que vai dar problema de novo?"

"Por causa dos canos?"

"Será que não vão rachar de novo este ano?"

"Nós não passamos um isolante lá em cima?", ele perguntou. Falava de um modo elegante, arrastando de leve a ponta da língua. Sempre fora assim. "O problema está na face norte, não é isso?"

19

"Isso mesmo", ela respondeu. Estava vagamente procurando um cigarro. "Por que será que foram construir bem ali?"

"Bem, é lá que ele sempre esteve."

Ele tinha quarenta anos, mas parecia mais jovem. Havia algo de duro e desconsolado nele, alguma coisa que preservava sua juventude. O verão inteiro no campo de golfe, às vezes entrando por dezembro. Mesmo ali ele parecia indiferente, com os cabelos escuros ao vento mesmo entre companheiros, como se estivesse apenas matando tempo. Corriam muitas histórias sobre ele. Era um ídolo caído por terra. O pai tinha uma imobiliária numa casinha à beira da estrada. Terrenos, fazendas, terra de cultivo. Eram uma família antiga na região. Havia uma alameda com o nome deles.

"E uma torneira está com defeito. Quer dar uma olhada?"

"Qual é o defeito?"

"Está pingando", ela disse. "Vou lhe mostrar."

Ela subiu na frente. "Ali", disse, apontando para o banheiro. "Dá para ouvir."

Sem muita cerimônia, ele abriu e fechou a torneira algumas vezes e passou a mão por baixo. Fazia tudo isso de longe, com o braço estendido e um movimento ligeiro e descuidado do punho. Ela o via do quarto. Ele parecia examinar outras coisas sobre a pia.

Ela acendeu uma luz e sentou. Estava quase escuro, e o quarto pareceu imediatamente aconchegante. As paredes eram cobertas por um papel de padrão azul, e o tapete era de um branco suave. A pedra polida da lareira dava uma sensação de ordem. Do lado de fora, os campos iam desaparecendo. Era uma hora serena, da qual ela fugia. Às vezes, olhando para o oceano, pensava no filho, por mais que tudo tivesse acontecido na enseada, havia muito tempo. Já não voltava ao assunto todo dia. Diziam que iria melhorar, mas que não passaria nunca. Estavam certos, como tantas outras vezes. Ele era o caçula, muito fogoso, mas um pouco frágil. Ela rezava por ele todo domingo, na igreja. Rezava só por uma coisa: Oh, Senhor, não se esqueça dele, ele é tão pequenino... Só um garotinho, ela às vezes acrescentava. A visão de qualquer coisa morta — um passarinho esmagado na estrada, as pernas rígidas de um coelho, mesmo uma cobra morta — a deixava perturbada.

"Acho que é uma ruela", ele disse. "Vou tentar trazer uma nova."

"Ótimo", ela disse. "Daqui a um mês?"

"Você sabe que a Marian e eu voltamos. Não sabia?"

"Ah, sei", ela soltou um leve suspiro involuntário. Sentia-se estranha. "Eu, bem..." Que fraqueza, ela pensou mais tarde. "E quando foi isso?"

"Faz umas semanas."

Passado um instante, ela se levantou. "Vamos descer?"

Viu seus reflexos passando pela janela da escada. Viu sua própria camisa damasco passando. O vento ainda soprava. Um galho sem folhas arranhava a parede da casa. Ela sempre ouvia aquele barulho à noite.

"Tem tempo para um drinque?", ela perguntou.

"Melhor não."

Ela serviu um pouco de uísque e foi até a cozinha buscar gelo e pôr um pouco de água. "Acho que não vou vê-lo por uns tempos."

Não fora grande coisa. Alguns jantares no Lanai, algumas noites improváveis. Só a sensação de estar com alguém de quem se gosta, um sujeito de maneiras fáceis e incongruentes. "Eu..." Tentou encontrar o que dizer.

"Está pensando que teria sido melhor se não tivesse acontecido?"

"Algo assim."

Ele assentiu. Estava em pé. O rosto empalidecera um pouco, a palidez do inverno.

"E você?"

"Ah, que inferno." Ela jamais o ouvira reclamar. Só a respeito de algumas pessoas. "Eu não passo de um caseiro. Ela é minha mulher. O que você vai fazer, aparecer de repente e contar tudo para ela?"

"Eu não faria uma coisa dessas."

"Espero que não", ele disse.

Quando a porta se fechou, ela não se voltou. Ouviu o carro sendo ligado lá fora e viu o reflexo dos faróis. Foi até o espelho e olhou friamente para seu próprio rosto. Quarenta e seis. Estava escrito ali, no pescoço e atrás dos olhos. Jamais seria mais jovem. Devia ter implorado, pensou. Devia ter dito tudo que estava sentindo, tudo que de repente lhe apertou o coração. O verão, com a esperança e os dias compridos, chegara ao fim. Sentia ímpetos de segui-lo, de passar de carro diante de sua casa. As luzes estariam acesas. Ela veria alguém pela janela.

Naquela noite, ouviu os galhos batendo contra a parede da casa e as vidraças chacoalhando. Sentou-se sozinha e pensou nos gansos, podia ouvi-los lá fora. Estava esfriando. O vento arrancava algumas penas. Vivem muito tempo, dez ou quinze anos, é o que diziam. Talvez aquele que tinham visto no gramado ainda estivesse vivo, de volta aos campos com os outros, de volta do oceano aonde iam para ficar a salvo, sobreviventes de emboscadas sanguinolentas. Em algum lugar, sobre a relva molhada, jazia um deles, ela imaginou, um animal escuro e encharcado, o pescoço gracioso ainda estendido, as asas compridas tentando bater, um rumor de sangue saindo pelos buracos do bico. A chuva começava a cair, o mar se debatia, um camarada jazia morto na escuridão vertiginosa.

Vinte minutos

A história aconteceu com uma mulher, Jane Vare, que vivia perto de Carbondale. Eu a conheci numa festa. Estava sentada numa poltrona com os braços estendidos sobre as laterais da poltrona e segurando um drinque numa das mãos. Falamos sobre cachorros.

Era dona de um galgo velho. Comprara-o apenas para salvar a vida do cachorro, ela me disse. Nas corridas, os donos preferem sacrificar a continuar alimentando um cachorro que deixou de ganhar, às vezes vão três ou quatro de uma vez, jogados na caçamba de um caminhão e levados para uma fossa. O cachorro chamava-se Phil. Mal andava e estava quase cego, mas ela admirava sua dignidade. Às vezes levantava a pata de trás quase até a altura da maçaneta para fazer aquilo na parede, mas tinha uma bela cabeça.

Restos sobre a mesa da cozinha, lama sobre o chão de tábuas largas. Ela foi entrando como um jovem cavalariço, de botas e casaco surrado. Tinha o que chamavam um bom traseiro e costelas que pareciam plumas desenhadas sobre uma parede. O pai vivera na Irlanda, onde entravam com cavalo e tudo na sala de jantar aos domingos pela manhã, e onde seu anfitrião morrera na cama, vestido dos pés à cabeça. Sua própria vida fora por esse caminho. Dinheiro e pequenas batidas na lateral do carro sueco, seminovo. O marido fora embora um ano antes.

Quando chega a Carbondale, o rio tem uma queda, para depois se alargar. Há uma ponte de cavalete, coberta de teias de aranha, muitas vezes repintada; antes, havia minas de carvão na região.

Era fim de tarde e uma pancada de chuva tinha caído. Havia uma luz prateada e insólita. Carros emergindo da chuva com os faróis ligados e os limpadores de pára-brisas funcionando. A máquina amarela do serviço de estradas, estacionada no acostamento, parecia estranhamente luminosa.

Era aquele momento, depois do expediente, em que a água de irrigação brilha alto no ar, as colinas começam a escurecer e as campinas parecem lagunas.

Ela estava cavalgando sozinha por uma crista. O cavalo chamava-se Fiume, grandalhão, bem formado, mas não muito inteligente. Não escutava direito e às vezes tropeçava. Tinham ido até o reservatório e depois voltado para o oeste, onde o sol estava se pondo. Corria bem, aquele cavalo. Os cascos retumbavam. O vento enfunava a camisa, a sela rangia, o pescoço do cavalo se escurecia de suor. Chegaram à fossa e avançaram para um portão que eles sempre saltavam.

Então, na última hora, alguma coisa aconteceu. Não foi mais que um instante. Talvez o cavalo tenha trançado as pernas ou pisado num buraco, mas o fato é que de repente ele descambou. Ela voou por cima e ele, como em câmara lenta, veio caindo depois. Veio de cabeça para baixo — estendida no chão, ela o viu planando em sua direção. O cavalo caiu bem em cima do abdômen.

Foi como ser atingida por um carro. Ficou zonza, mas não sentia dor. Por um minuto, pensou que poderia levantar e sacudir a poeira.

O cavalo se levantara. Estava com as patas sujas e havia lama no lombo. No silêncio da tarde, ela ouvia o retinir da brida e até a água que corria pela fossa. Em volta, havia campinas e silêncio. Sentiu náusea. Tinha quebrado tudo ali — ela sabia, por mais que não sentisse nada. Sabia que tinha algum tempo. Vinte minutos, eles sempre diziam.

O cavalo começou a mordiscar a relva. Ela se ergueu sobre os cotovelos e logo ficou tonta. "Filho-da-mãe!", gritou. Estava quase chorando. "Fora! Vá pra casa!" Talvez alguém visse a sela vazia. Fechou os olhos e tentou pensar. De algum modo, não conseguia acreditar naquilo — nada daquilo era verdade.

Fora assim na manhã que vieram dizer que Privet estava machucada. O capataz estava esperando no pasto. "Quebrou a perna", ele disse.

"Como foi?"

Ele não sabia. "Parece que tomou um coice", arriscou.

A égua estava deitada à sombra de uma árvore. Ela se ajoelhou e fez um carinho no nariz largo da égua. Os olhos graúdos pareciam olhar para outra coisa. O veterinário viria de Catherine Store, levantando uma nuvem de poeira pela estrada, mas levou muito tempo para chegar. Estacionou a alguma distância e caminhou até onde estavam. Depois disse o que ela sabia que ele diria, que teriam de sacrificá-la.

Ficou deitada ali, lembrando da cena. A noite caiu. Luzes se acendiam nas casas distantes. O jornal das seis estava começando. Mais longe ainda, ela via o campo de feno de Piñones e, bem mais perto, um caminhão. Era de alguém que tentava construir uma casa por ali. Estava largado ali e não rodava mais. Havia outras casas a um quilômetro e meio, mais ou menos. Do outro lado da crista, viu entre as árvores o telhado de metal do velho Vaughn, que tinha sido dono de tudo aquilo e agora mal se agüentava em pé. Mais para o oeste, a bela casa de tijolos que Bill Millinger havia levantado antes de falir ou coisa do gênero. Tinha ótimo gosto. A casa tinha vigas de madeira crua do Sudoeste, tapetes navajos e lareiras em todos os quartos. Vista direta para as montanhas das janelas de vidro fosco. Quem sabia construir uma casa daquelas não precisava saber mais nada.

Ela dera aquele famoso jantar para ele, uma noite inesquecível. Ao longo de todo o dia, as nuvens tinham descido do alto do Sopris, depois veio a neve. Ficaram conversando diante do fogo. Havia garrafas e garrafas de vinho sobre o consolo da lareira e todo mundo estava bem-vestido. Lá fora, a neve caía sem parar. Ela vestia calças de seda e estava de cabelos soltos. No fim da noite, chegou perto dele, no vão da porta da cozinha. Estava acalorada e um pouco bêbada. Ele também?

Ele olhava para o dedo que ela pousara na lapela do paletó. O coração dela batia forte. "Não vai me fazer passar a noite sozinha, vai?", perguntou.

Bill tinha cabelos loiros e orelhas pequenas, pegadas à cabeça. "Bem...", ele começou a falar.

"O que foi?"

"Você não sabe? Eu jogo no outro time."

Como assim, ela insistiu. Que desperdício. As estradas estavam quase bloqueadas, a casa embaixo de neve. Ela começou a implorar — não conseguiu evitar — e então ficou furiosa. As calças de seda, a mobília, sentiu ódio de tudo.

De manhã, o carro dele ainda estava lá fora. Ela o encontrou na cozinha, preparando o café-da-manhã. Tinha dormido no sofá e penteara os cabelos com os dedos. No rosto, um começo de barba loira. "Dormiu bem, menina?"

Às vezes era o contrário — como no bar em Saratoga, onde o ídolo era um inglês alto que ganhara uma nota com as vendas. Perguntou se ela morava por ali. De perto, os olhos dele pareciam lacrimejantes, mas o sotaque inglês soava puríssimo. "Que maravilha, viajar e encontrar uma pessoa como você", ele disse.

Ela ainda não tinha decidido se ficava ou ia embora e acabou tomando um drinque com ele. Ele estava fumando um cigarro.

"Nunca leu nada a respeito?", ela perguntou.

"Sobre cigarro? Não."

"Ele há de vos causar câncer."

"'Vos'?"

"É como os *quakers* falam."

"E você é *quaker* mesmo?"

"Ah, em algum lugar do passado."

Ele a segurou pelo cotovelo.

"Sabe o que eu gostaria? Eu gostaria de vos comer."

Ela dobrou o braço para livrar-se.

"Sério", ele disse. "Hoje à noite."

"Quem sabe outro dia."

"Não tenho outro dia. Minha mulher chega amanhã, só tenho hoje à noite."

"Que pena. Eu tenho todas as noites."

Ela não o esquecera, se bem que tivesse esquecido seu nome. Usava uma camisa elegante, de listras azuis. "Ah, filho-da-mãe", ela gritou de repente. Era o cavalo. Não tinha ido embora. Estava junto à cerca. Começou a chamá-lo: "Vem cá, vem. Vem cá", implorou. Ele não saía do lugar.

Não sabia o que fazer. Cinco minutos tinham passado, talvez mais. Ah, meu Deus, ela disse, ah, Deus-Pai. Podia ver o longo trecho do caminho que vinha da estrada, a superfície pálida sem cal-

27

çamento. Alguém viria pelo caminho sem desviar antes. Aquele caminho desastroso. Ela passara com o marido por ali, naquele dia. Tinha uma coisa para contar, Henry começou a dizer, a cabeça para trás num ângulo esquisito. Tinha decidido mudar de vida. Disse que ia terminar com Mara.

Silêncio.

Finalmente, ela disse: "Com quem?".

Ele percebeu o erro. "A garota que... no escritório de arquitetura. A desenhista."

"Como assim, terminar?", ela mal conseguia falar. Olhava para ele como quem olha para um fugitivo.

"Você sabia, não sabia? Eu tinha certeza que sim. Bem, de todo modo, acabou. Queria contar para você. Queria deixar tudo isso para trás."

"Pare o carro", ela disse. "Não diga mais nada, pare aqui."

Ele foi dirigindo ao lado dela, tentando se explicar, mas ela pegava as maiores pedras que encontrava para jogar contra o carro. Depois ela cortou a esmo pelos campos, arranhando as pernas nas moitas de salva.

Quando ouviu o carro estacionando depois da meia-noite, ela pulou da cama e gritou da janela: "Não, não! Fora daqui!".

"Só não entendo como é que ninguém me contou", ela dizia depois. "Eu pensava que eram meus amigos."

Alguns se deram mal na vida, alguns se divorciaram, outros foram mortos à bala num trailer, como Doug Portis, que entrou no negócio de mineração e andava saindo com a mulher de um policial. Outros, como seu marido, foram para Santa Barbara e se tornaram os solteiros das festas.

Estava escurecendo. Me ajude, alguém me ajude, ela repetia sem parar. Alguém viria, alguém tinha que vir. Tentou não ter medo. Pensou no pai, que explicava a vida com uma frase: "Eles te derrubam e você se levanta. É isso". Ele só conhecia uma virtu-

28

de. Ouviria o que tinha acontecido, que ela simplesmente tinha ficado onde estava. Tinha que tentar chegar em casa, mesmo que não fosse longe, uns metros apenas.

Fazendo força com a palma das mãos, ela conseguiu se arrastar, enquanto chamava o cavalo. Talvez conseguisse agarrar um dos estribos, se ele chegasse perto. Tentou ver onde ele estava. Com o resto de luz, ainda viu os campos de algodão na penumbra, mas tudo o mais desaparecera. Os mourões da cerca tinham sumido. As campinas não estavam mais lá.

Tentou fazer um truque, não estava caída perto da fossa, estava em outro lugar, em todos os lugares, na rua 11, naquele primeiro apartamento que dava para a enorme clarabóia do restaurante, em Sausalito, naquela manhã com a empregada batendo na porta e Henry tentando dizer em espanhol, "agora não, agora não!". Pensou nos cartões-postais em cima do mármore da penteadeira e nas coisas que tinham comprado. No Haiti, do lado de fora do hotel, os taxistas se encostavam nos carros para chamar com voz suave, ei, *blanc*, não quer conhecer uma praia bonita? A praia de Ibo? Queriam trinta dólares pelo dia, quer dizer, o preço de verdade devia ser cinco. Vamos logo, pague para ele, ela dizia. Seria tão fácil estar lá ou deitada em casa, lendo um livro num dia de tempo feio, a chuva batendo nas vidraças e os cachorros ao pé da cama. Havia fotografias em cima da escrivaninha: de cavalos, dela, saltando, do pai, almoçando ao ar livre quando tinha trinta anos, em Burning Tree. Tinha ligado para ele um dia, disse que ia se casar. Casar com quem, ele perguntou. Um sujeito chamado Henry Vare, ela disse, que está vestindo um belo terno, quis acrescentar, e tem mãos grandes, maravilhosas. Amanhã, ela disse.

"Amanhã?", a voz soou mais distante. "Tem certeza do que está fazendo?"

"Toda certeza."

"Deus te abençoe."

Foi naquele verão que vieram para cá — onde Henry já morava — e compraram a casa logo depois do terreno dos Macrae. Passaram o ano reformando a casa, e Henry começou o escritório de paisagismo. Tinham seu próprio mundo. Andavam pelos campos só de shorts, a terra morna sob os pés, a pele pontilhada de barro, depois de um mergulho no canal, onde a água era funda e gelada, como duas crianças queimadas de sol, mas muito melhor, a tela batendo na porta, as coisas sobre a mesa da cozinha, catálogos, facas, tudo novo. O outono, com o céu azul brilhante e as primeiras tempestades chegando do oeste.

Agora estava escuro em toda parte, exceto no alto da crista. Havia todas as coisas que ela quisera fazer, ir de novo para a Costa Leste, visitar amigos, viver um ano à beira-mar. Não podia acreditar que tudo tinha acabado, que ficaria largada ali no chão.

De repente, começou a gritar por socorro, em desespero, o pescoço se retesando. Em meio à escuridão, o cavalo ergueu a cabeça. Ela continuou gritando. Sabia que pagaria por isso, que estava liberando o seu demônio. Por fim, parou. Ouvia o coração batendo e mais alguma coisa. Meu Deus, começou a implorar. Caída ali, começou a ouvir o rufar dos tambores, solene, lento e terrível.

Venha o que vier, por pior que seja, vou fazer o que meu pai teria feito, pensou. Tratou logo de imaginá-lo e estava nisso quando sentiu alguma coisa passando por ela, alguma coisa de ferro. Num átimo inconcebível, percebeu a força daquilo, até onde aquilo a levaria, o que aquilo significava.

Estava de rosto suado, sentia calafrios. É agora. Vai ter de ser agora. Sabia que há um Deus, tinha esperança. Fechou os olhos. Quando os abriu de novo, viu que tinha começado, tão de repente, com tanta rapidez. Viu uma coisa escura se movendo ao longo da cerca. Era o pônei, o pônei que o pai lhe dera havia tanto tempo, o pônei preto voltando para casa pelos campos e pelas pastagens. Espere, me espere!

Começou a gritar.

Luzes começaram a sacolejar ao longo da fossa. Era uma picape sacolejando pelo terreno irregular, o homem que estava construindo a casa solitária e Fern, uma menina da escola secundária que trabalhava no campo de golfe. Estavam de janelas abertas; quando fizeram a curva, as luzes passaram rente ao cavalo, mas eles não o viram. Só o viram depois, voltando em silêncio, a cara larga e bonita olhando placidamente para eles em meio à escuridão.

"Está selado", Fern exclamou surpresa.

Estava parado, tranqüilo. Foi assim que a encontraram. Carregaram-na para a caçamba — o corpo já sem tônus, com lama nas orelhas — e foram até Glenwood a cento e quarenta por hora, sem nem parar para telefonar.

Fizeram mal, como alguém disse depois. Teria sido melhor se tivessem seguido por cinco quilômetros na direção oposta, até a casa de Bob Lamb. Ele era veterinário, mas podia ter feito alguma coisa. Dissessem o que dissessem, era o melhor médico da região.

Deviam ter dirigido até lá, com os faróis iluminando a casa branca, como acontecia tantas noites. Todo mundo conhecia Bob Lamb. Havia cem cachorros, inclusive os dele, enterrados atrás do celeiro.

A destruição do Goetheanum

No jardim, sozinha, ele encontrou a moça que era amiga do escritor William Hedges, desconhecido por então, mas até Kafka vivera na obscuridade, ela disse, para não falar de Mendel, ou talvez quisesse dizer Mendeleiev. Estavam hospedados num hotelzinho na outra margem do Reno. Ninguém conseguiria encontrar aquele lugar, ela disse.

Naquela altura, o rio corria velozmente, a superfície da água era revolta. O rio carregava coisas, pedaços de madeira e galhos soltos. Elas giravam, afundavam, emergiam. Às vezes, passavam peças de mobília, escada, janelas. Certa vez, embaixo de chuva, uma cadeira.

Estavam no mesmo quarto, mas tudo era completamente platônico. Ele notou que ela não usava nenhum anel ou jóia nas mãos. Nos punhos, não se via nada.

"Ele não gosta de ficar sozinho", ela disse. "Está lutando com esse livro." Era um romance, ainda longe de ser concluído, muito embora algumas partes fossem extraordinárias. Um fragmento fora publicado em Roma. "O título é O *Goetheanum*", ela disse. "Sabe o que é?"

Ele tentou se lembrar da palavra curiosa que já se dissolvia em sua mente. As luzes da casa começaram a brilhar na tarde azulada.

"É a grande obra da vida dele."

O hotel que ela mencionara era pequeno, com quartos pequenos e um letreiro amarelo na fachada. Havia muitas casas do mesmo tipo. Do lado sombreado da catedral era possível distingui-lo entre elas, rio abaixo. Também se conseguia vê-lo de algumas ruelas ou das janelas das lojas de antiguidades.

Dois dias mais tarde, ele a viu de longe. Era inconfundível. Andava com uma espécie de graça negligente, como uma dançarina que encerrou a carreira. A multidão a ignorava.

"Ah", ela o cumprimentou, "claro, tudo bem?"

A voz soou vaga. Tinha certeza de que ela não o reconhecera. Não sabia bem o que dizer.

"Estava pensando no que você me disse...", ele começou.

Ela ficou parada enquanto era empurrada pelos passantes, os braços cheios de pacotes. Fazia calor na rua. Não atinava quem ele era, tinha certeza. Tinha saído para cuidar de coisas simples, as coisas de um casal remoto e casto.

"Sinto muito", ela disse, "mas acho que sou a pessoa errada."

"Nós nos conhecemos no Sarren's", ele explicou.

"Eu sei."

Seguiu-se um silêncio. Ele queria lhe dizer uma coisa muito simples, mas ela o impedia.

Ela estivera no museu. Quando estava trabalhando, Hedges precisava ficar sozinho, às vezes ela o encontrava dormindo no chão.

"Ele está maluco", ela disse. "Agora tem certeza de que vai haver uma guerra. Tudo vai ser destruído."

Suas próprias palavras pareciam desinteressá-la. A multidão a empurrava adiante.

"Posso caminhar um pouco com você?", ele perguntou. "Está indo para a ponte?"

Ela olhou para um lado e para o outro.

"Estou", ela concluiu.

Desceram pelas ruas estreitas. Ela não dizia nada. Espiava as vitrines das lojas. Sua boca desenhava uma curva para baixo, uma boca de garçonete, de moça do interior.

"Você tem interesse por pintura?", ele a ouviu dizer.

"Tenho."

No museu havia Holbeins e Hodlers, El Grecos, Max Ernst. O silêncio das salas compridas. Ali se entendia o que significava ser grande.

"Quer ir amanhã?", ela perguntou. "Não, amanhã nós vamos para outro lado. Depois de amanhã?"

Naquele dia, ele acordou cedo, já nervoso. O quarto parecia vazio. O sol amarelava o céu. Nos trechos entre bancos de areia, a superfície do rio incandescia. A água avançava em fragmentos brancos como fogo, mal se conseguia fixar seu centro.

Às nove, o céu esmaecera, o rio se quebrava em reflexos de prata. Às dez, estava marrom, cor de sopa. Barcaças e vapores antigos esforçavam-se rio acima ou corriam rio abaixo. Os pilares das pontes criavam pequenas marolas.

Um rio é a alma de uma cidade, só a água e o ar podem purificar. Na Basiléia, o Reno jaz entre bancos de pedra de fundações firmes. As árvores são cuidadosamente podadas, as velhas casas escondem-se atrás delas.

Procurou-a em toda parte. Atravessou a Rheinbrücke e, prestando atenção aos rostos, subiu em meio à multidão até o mercado ao ar livre. Procurou entre as banquinhas. Mulheres compravam flores, subiam nos bondes e sentavam-se com os ramalhetes no colo. No restaurante Borse, homens gordos comiam, as orelhinhas rentes à cabeça.

Não a encontrou em parte alguma. Chegou a entrar na catedral, supondo, por um momento, que a encontraria esperando por ele. Não havia ninguém. A cidade se petrificava. A hora da luz pura passara, não sobrara nada além de uma tarde que lhe queimava os pés. Os relógios deram as três horas. Desistiu e voltou ao hotel. Havia um pedaço de papel branco em seu escaninho. Era um bilhete, ela o encontraria às quatro.

Exaltado, parou um minuto para pensar. Ela não se esquecera. Leu de novo. Eles se encontrariam mesmo em segredo? Não sabia dizer o que aquilo significava ao certo. Hedges estava com quarenta anos, quase não tinha amigos, a esposa morava em algum lugar de Connecticut, ele a deixara, renegara o passado. Se não era grande, estava seguindo pelo caminho da grandeza, que é o mesmo que leva ao desastre, e tinha o dom de fazer os outros se dedicarem à própria vida. Ela estava constantemente com ele. Ele nunca me perde de vista, ela reclamara. Nadine: um nome que ela mesma escolhera.

Ela se atrasou. Acabaram indo tomar chá às cinco; Hedges estava ocupado, lendo jornais ingleses. Sentaram-se a uma mesa que dava para o rio, empunhando menus compridos e estreitos como passagens de avião. Ela parecia muito calma. Ele não queria parar de observá-la. *Hummersalat*, leu em algum lugar, *rump steak*. Estava com muita fome, ela anunciou. Estivera no museu, os quadros a deixaram faminta.

"Onde você esteve?", ela perguntou.

Foi então que percebeu que ela estivera esperando por ele. Havia casais jovens andando pelas galerias, as pernas banhadas pela luz do sol. Ela vagara entre eles. Sabia muito bem o que estavam fazendo: estavam se preparando para o amor. Ele desviou os olhos.

"Estou morrendo de fome", ela anunciou.

Comeu aspargos, uma sopa de gulache e depois um bolo, que não terminou. Ocorreu-lhe por um instante que talvez estivessem sem dinheiro, ela e Hedges, que talvez aquela fosse sua única refeição do dia.

"Não", ela disse. "William tem uma irmã que é casada com um ricaço. Ele consegue dinheiro com ela."

Ela parecia ter um levíssimo sotaque. Britânico?

"Nasci em Gênova", ela contou.

Citou alguns versos de Valéry que, mais tarde, ele descobriu estarem incorretos. *Tardes agitadas pelo vento, o mar que espicaça...* Ela adorava Valéry. Valéry era anti-semita, ela disse.

Descreveu um passeio a Dornach, quarenta minutos de bonde, depois uma boa caminhada a partir da estação, onde discutira com Hedges sobre o caminho a tomar, sempre se irritava com a falta de senso de direção dele. O caminho era para cima, ele logo perdeu o fôlego.

Dornach fora escolhida pelo professor Rudolf Steiner para ser o centro de seu reino. Ali, não longe da Basiléia, além dos calmos subúrbios, ele sonhara estabelecer uma comunidade cujo prédio central levaria o nome de Goethe, cujas idéias o haviam inspirado; por fim, em 1913, foi assentada a pedra fundamental. A concepção era do próprio Steiner, responsável também por todos os detalhes, técnicas, pinturas e vitrais especiais. Ele projetara a construção assim como projetara as formas.

Devia ser todo de madeira, dois enormes domos que se interceptavam; o mero cálculo da curva já era um acontecimento matemático. Steiner só acreditava em curvas, não havia nenhum ângulo reto. Domos menores, tributários, parecidos com elmos, continham as janelas e as portas. Tudo era de madeira, tudo, exceto as ardósias norueguesas, cintilantes, que cobriam o telhado. As primeiras fotografias o mostravam cercado de andaimes, como algum vasto monumento; em primeiro plano, pomares de macieiras. A construção foi tocada por gente de todo o mundo, muitos abandonaram suas profissões e carreiras anteriores. Na primavera de 1914, as vigas do teto estavam no lugar; enquanto todos ainda trabalhavam, a guerra eclodiu. Dava para ouvir o estrondo dos canhões nas províncias francesas mais próximas. Foi no mês mais quente do verão.

Ela mostrou a fotografia de uma estrutura vasta, sisuda.

"O Goetheanum", ela disse.

Ele ficou em silêncio. A imagem escura, a ressonância dos domos começou a invadi-lo. Submeteu-se à sensação como ao espelho de um hipnotizador. Dava para sentir como perdia contato com a realidade. Não se opôs. Queria beijar os dedos que seguravam o cartão-postal, os braços esguios, a pele que cheirava a limão. Sentiu que tremia, sabia que ela notava. Ficaram sentados assim, o olhar dela sempre calmo. Ele adentrava aquele cenário cinzento, wagneriano, que a qualquer momento ela poderia fechar como uma caixa de fósforos e guardar de volta na bolsa. As janelas pareciam as de um velho hotel em algum lugar da Europa central. Em Praga. As formas cantavam para ele. Era uma fortificação, um terminal, um observatório de onde se podia observar a alma.

"Quem é Rudolf Steiner?", ele perguntou.

Mal deu ouvidos à explicação que ela lhe deu. Estava próximo do êxtase. Steiner foi um grande mestre, um sábio que acreditava que intuições profundas podiam se dar por meio da arte. Acreditava em movimentos e peças religiosas, ritmos, criação, estrelas. É claro. E disso tudo, de algum modo, ela criara um cenário. Tornara-se a ilusionista da vida de Hedges.

Fora Hedges, o obstinado especialista em Joyce, o espectro amarfanhado das festas literárias, que a notara. No começo, fora distante, mal falara uma palavra na noite em que se conheceram. Não fazia muito tempo que ela estava em Nova York. Morava na rua 12, num quarto sem mobília. No dia seguinte, o telefone tocou. Era Hedges. Convidou-a para almoçar. Disse que soubera desde o primeiro minuto quem ela era. Estava ligando de uma cabine telefônica, dava para ouvir o rugir do trânsito.

"Podemos nos ver no Haroot's?", ele perguntara.

Seu cabelo estava despenteado, os dedos tremiam. Estava sentado junto à parede, nervoso demais para olhar para qualquer coisa que não fossem suas mãos. Ela se tornou sua companheira.

Passavam longos dias vagando pela cidade. Ele vestia camisas azuis, cor de tinta de caneta, comprou roupas para ela. Era de uma generosidade extravagante, não parecia preocupar-se com o dinheiro amarrotado que tirava dos bolsos como se fossem restos de papel e que caía no chão na hora de pagar. Fez que ela fosse a um restaurante onde estava jantando com a mulher e se sentasse no bar, para que ele pudesse vê-la enquanto comiam.

Aos poucos, começou a introduzi-la num outro mundo, um mundo que desdenhava vir a público, um mundo mais rico do que o que ela conhecia, certos livros ocultos, filosofias, até mesmo música. Ela descobriu que tinha talento para a coisa, um instinto. Conquistou um certo poder sobre si mesma. Havia períodos de afeição profunda, serenidade. Visitavam um amigo e ficavam ouvindo Scriabin. Comiam no Russian Tea Room, os garçons os conheciam pelo nome. Hedges estava fazendo uma coisa extraordinária, estava fundindo a vida dela. Ele também descobrira uma nova existência: era um criminoso, enfim. No fim daquele ano, vieram para a Europa.

"Ele é inteligente", ela explicou. "Você sente na hora. Tem um espírito que alcança tudo."

"Desde quando está com ele?"

"Desde sempre."

Caminharam rumo ao hotel dela naquela hora moribunda que fecha o dia. As árvores junto ao rio estavam escuras como pedra. *Wozzeck* estava em cartaz no teatro, a *Flauta mágica* estrearia na seqüência. Nas lojas de gravuras, havia mapas da cidade e imagens da famosa ponte nos tempos de Napoleão. Os bancos estavam repletos de moedas recém-cunhadas. Ela estava estranhamente calada. Pararam uma vez, diante de um restaurante com um aquário de peixes, trutas grandes, maiores que um sapato, à toa na água esverdeada, as bocas movendo-se lentamente. O rosto dela refletia-se no aquário como o de uma mulher a bordo de um trem, indiferente, solitária. Sua beleza não se dirigia a ninguém. Parecia não vê-lo, perdida em pensamentos. Então, friamente, seus olhos encontraram os dele. Não vacilaram. Naquele instante, ele percebeu que ela valia tudo.

As coisas não foram fáceis para eles. A razão não está à altura dos problemas humanos, Hedges dizia. A esposa encontrara um jeito de arrestar sua conta bancária, não que fosse muito dinheiro, mas, com faro de furão, ela encontrou outras fontes de dinheiro de que ele poderia ter lançado mão. Mais que isso, ele estava certo de que suas cartas não chegavam aos filhos. Tinha que escrever para o endereço da escola ou aos cuidados de amigos.

Mas a grande questão era sempre o dinheiro. Aquilo estava acabando com os dois. Ele escrevia artigos, mas eram difíceis de vender, ele não se saía bem com assuntos imediatos. Redigira um ensaio sobre Giacometti repleto de citações crípticas, todas inventadas. Tentou de tudo. Enquanto isso, por toda parte, gente mais jovem escrevia roteiros ou vendia textos por valores enormes.

Hedges estava sozinho. Os homens de sua geração tinham construído uma reputação, enquanto tudo lhe escapava. Ou pelo menos era assim que ele sentia. Conhecia a biografia de Cervantes, Stendhal, Italo Svevo, mas nenhuma era tão implausível quanto a sua. E, aonde quer que fossem, havia sempre os cadernos e os papéis para carregar. Não há nada mais pesado que papel.

Em Grasse, teve um problema nos dentes, alguma coisa andou mal nas raízes de restaurações antigas. Estavam na miséria, tiveram que pagar um dentista francês com os últimos centavos disponíveis. Em Veneza, ele foi mordido por um gato. Teve uma infecção terrível, o braço dobrou de tamanho com o inchaço, parecia que ia rebentar. A *cameriera* contou que os gatos têm veneno na boca, como as cobras, a mesma coisa acontecera com o filho dela. As mordidas eram sempre profundas, ela disse, o veneno entrava no sangue. Hedges sofria, não conseguia dormir. Teria sido muito pior há cinqüenta anos, o médico lhes disse. Tocou um ponto perto do ombro. Hedges estava fraco demais para perguntar o que ele queria dizer. Duas vezes por dia vinha uma mulher com uma seringa hipodérmica numa caixa de latão amassado e lhe dava injeções. A febre aumentava. Não conseguia mais ler. Queria ditar suas últimas coisas, Nadine as anotou. Ele insistiu para que o enterrassem com uma fotografia dela em cima do coração, fez ela prometer que a arrancaria do passaporte.

"Mas como é que eu vou voltar para casa?", ela perguntara.

Mais abaixo, sob a luz do sol, o grande rio fluía quase em silêncio. No final da história, a vida dos artistas parece bela, mesmo as discussões terríveis sobre dinheiro, mesmo as noites em que não há nada para fazer. De resto, apesar de tudo, Hedges nunca se entregava. Vivia uma vida e imaginava dez outras, sempre podia encontrar refúgio numa delas.

"Mas eu estou cansada", ela confessou. "Ele é egoísta. É uma criança."

Não parecia uma mulher que tinha sofrido. Suas roupas eram de seda. Tinha dentes brancos. Nos caminhos mais apartados, casais paravam para almoçar, as moças descalças com os pés pendendo sobre a amurada, jogando migalhas de pão na água. O desenvolvimento do indivíduo chegara a seu apogeu, Hedges assim acreditava, essa era a essência do nosso tempo. Era preciso encontrar uma nova direção. Mas não acreditava no coletivismo. Era uma rua sem saída. Não sabia ao certo qual caminho seria esse. Seus escritos o revelariam, mas trabalhava contra o tempo, contra a maré dos acontecimentos, estava no exílio, como Trótski. Infelizmente, não havia ninguém para matá-lo. Pouco importa, no final os dentes dariam cabo dele, Hedges dizia.

Nadine estava de olhos fixos na água.

"Só dá enguia por aqui", ela disse.

Ele seguiu seu olhar. A superfície era impenetrável. Tentou encontrar uma única sombra negra por trás de sua graça.

"Quando chega a hora do acasalamento", ela explicou para ele, "descem todas para o mar."

Ela observava a água. De algum modo, elas sabiam quando chegava a hora, arrastavam-se de manhã pelos charcos, brilhando feito orvalho. Contou que tinha catorze anos quando a mãe pegou sua boneca favorita e a atirou no rio, os tempos de garota estavam terminados.

"E o que eu devia atirar?", ele perguntou.

Ela não pareceu ouvir. Então ergueu a vista.

"Está falando sério?", ela finalmente disse.

Queria que jantassem juntos, mas Hedges perceberia alguma coisa? Ele tentou não pensar no assunto nem se deixar alarmar. Havia cenas como essa em todas as literaturas, mas mesmo assim não conseguia imaginar o que poderia acontecer. Um grande escritor diria: "Eu sei que não posso ficar com ela", mas ele ousaria deixá-la ir? Hedges, com os dentes cheios de cáries e todos os anos que se acumulavam sobre suas obras não escritas?

"Eu devo tanto a ele", ela dissera.

Mesmo assim, parecia difícil enfrentar calmamente aquela noite. Às cinco da tarde, ele estava uma pilha de nervos, jogando paciência no quarto, relendo artigos no jornal. Parecia ter esquecido como conversar sobre uma coisa qualquer, notava as expressões de seu rosto, nada parecia natural. De algum modo, a pessoa que ele fora tinha se esvaído, era impossível criar uma nova. Tudo era impossível; imaginou um jantar em que seria humilhado, enganado.

Às sete, temendo que o telefone tocasse, desceu pelo elevador. A visão de si mesmo no espelho lhe deu confiança, parecia normal, parecia calmo. Ajeitou o cabelo. O coração disparava. Olhou-se novamente. A porta se abriu. Saiu do elevador, como se esperasse encontrá-los ali. Não havia ninguém. Folheou o jornal de Zurique, de olho na porta. Finalmente, conseguiu sentar-se numa das poltronas. Era constrangedor. Tornou a andar. Eram sete e dez. Vinte minutos depois, um Citroën velho deu uma ré em cheio na dianteira de um Mercedes estacionado na rua, com um grande estrépito de vidro quebrado. O porteiro e o funcionário da recepção correram para ver. Havia estilhaços por toda parte. O motorista do Citroën estava abrindo a porta do carro.

"Ah, meu Deus", ele murmurou, olhando ao redor.

Era William Hedges. Sozinho.

Todos começaram a falar ao mesmo tempo. Por sorte não estava ali o dono do Mercedes, que perdera os faróis. Um policial vinha vindo pela rua.

"Bem, não parece muito grave", Hedges disse. Estava inspecionando o próprio carro. Os faróis traseiros despedaçados, o porta-malas amassado.

Depois de muita discussão, finalmente o deixaram entrar no hotel. Vestia um paletó listrado de algodão e uma camisa cor de tinta de caneta. O rosto estava pálido, molhado de suor, um rosto de aluno rejeitado pela turma, testa alta, cabelo ralo, barba redonda com toques grisalhos, uma barba de explorador, de homem que lava as próprias meias nas águas do Amazonas.

"Nadine chega daqui a pouco", ele disse.

Quando foi pegar o drinque, sua mão tremia.

"Meu pé escorregou no pedal", ele explicou. Acendeu rapidamente um cigarro. "O seguro paga, não paga? Provavelmente não."

Pareceu chegar a um ponto de parada, a primeira de muitas pausas prolongadas, durante as quais ficava olhando para o próprio colo. Então, como se fosse nisso que estava tentando pensar, perguntou num esforço: "O que acha... o que acha da Basiléia?".

O *maître* os acomodara em lados opostos da mesa, a cadeira vazia entre os dois. Aquela cadeira parecia oprimir Hedges. Pediu outro drinque. Virando-se, derrubou um copo. Foi uma espécie de alívio para ele. O garçom veio secar a toalha molhada com um guardanapo. Hedges falava por cima dele.

"Não sei exatamente o que Nadine lhe contou", ele começou com cuidado. Longa pausa. "Às vezes ela conta... conta mentiras fantásticas."

"Ah, é?"

"Ela é de uma cidadezinha na Pensilvânia", Hedges murmurou. "Julesberg. Nunca foi... ela era só... era uma mocinha comum quando nos conhecemos."

Tinham vindo à Basiléia para visitar certas instituições, ele explicou. Era uma cidade... interessante. Por vezes, toda uma época histórica gira em torno de um lugar, e o lugarejo de Dornach dava mostras de... A frase ficou pela metade. Rudolf Steiner foi um estudioso de Goethe...

"Já sei."

"Claro. Nadine andou falando a respeito, não foi?"

"Não."

"Entendo."

Ele finalmente voltou a Goethe. O alcance daquele intelecto, Hedges disse, fora tão extraordinário que Goethe conseguira, como Leonardo antes dele, abranger todo o conhecimento humano de sua época. Isso, por si só, fazia supor uma... coerência geral, e o fato de que desde então nenhum outro homem tivesse conseguido o mesmo provavelmente significava que aquela coerência não existia mais, dissolvera-se. O oceano das coisas conhecidas rompera suas margens.

"Estamos no limiar", Hedges continuou, "de viradas radicais do destino humano. Aqueles que as revelarem..."

As palavras, que saíam numa lentidão dolorosa, pareciam prolongar-se para sempre. Eram uma astúcia, uma finta. Era difícil escutá-las.

"...serão dilacerados como Galileu."

"Você acredita nisso?"

Outra longa pausa.

"Ah, sim."

Pediram mais um drinque.

"Acho que somos um pouco esquisitos, Nadine e eu", Hedges disse, como se falasse com seus botões.

Chegara a hora, finalmente.

"Não me parece uma mulher muito feliz."

Houve um momento de silêncio.

"Feliz?", Hedges disse. "Não, ela não é feliz. Não é capaz de ser feliz. Êxtases. Ela tem êxtases. Ela me conta todos os dias", continuou. Pusera a mão sobre a testa, quase cobrindo os olhos. "Veja bem, você não sabe nada sobre ela."

Ela não viria, logo ficou claro. Não haveria jantar nenhum. Devia ter dito alguma coisa, tudo terminou de modo vago demais. Dez minutos depois, Hedges se fora, deixando para trás uma extensão constrangedora de branco e três lugares postos, mais o pensamento do que ele devia ter exigido: quero falar com ela.

Todas as portas tinham se fechado. Estava desconsolado, não conseguia imaginar ninguém com fraquezas, incapacidades como as suas. Quisera mutilar um homem, e ouvira um monólogo — deviam estar rindo disso naquele exato instante. A coisa toda fora muito humilhante. O rio corria sob sua janela, a corrente se destacava mesmo em meio à escuridão. Ficou olhando para baixo. Andou de um lado para outro, tentando se acalmar. Deitou-se na cama, seus membros pareciam tremer. Detestou-se. Finalmente aquietou.

Mal fechara os olhos quando, no vazio do quarto, o telefone tocou. Tocou de novo. Uma terceira vez. É claro! Esperara por aquilo. O coração batia forte quando tirou o fone do gancho. Tentou dizer alô do jeito mais calmo. Uma voz de homem respondeu. Era Hedges, humilde.

"Nadine está aí?", ele conseguiu dizer.

"Nadine?"

"Posso falar com ela, por favor?", Hedges disse.

"Ela não está aqui."

Houve um silêncio. Ele podia ouvir a fraca respiração de Hedges. O silêncio persistiu.

"Escute", Hedges começou, a voz menos firme, "só quero falar um instante com ela, só isso... Eu lhe peço..."

Então ela estava em algum lugar na cidade, ele saiu corren-

45

do para descobrir onde. Não se deu ao trabalho de pensar onde poderia ser. De um modo ou de outro, a noite virara a seu favor, tudo estava mudando. Andou, correu pelas ruas, com medo de chegar tarde demais.

Era quase meia-noite, as pessoas estavam saindo do teatro, o café do Cassino estava a toda. Um mar de rostos ocultos ou semiocultos, com os garçons sempre postados de tal modo que alguém podia estar atrás deles; vasculhou o café com cuidado. Com certeza ela estava ali. Estava sozinha numa mesa, esperando ser encontrada.

Os mesmos carros de sempre passavam pelas ruas, ele se meteu entre eles. As pessoas caminhavam devagar, parando diante das vitrines iluminadas. Ela estaria olhando um arranjo de sapatos caros, ou quem sabe de jóias antigas, colares de ouro. Nas esquinas, tinha a sensação de estar perdido. Entrou por passagens cobertas. Deixava para trás os lugares mais batidos. As bancas de revistas estavam fechadas, os cinemas, de luzes apagadas.

De repente, como a súbita consciência de uma doença, perdeu a certeza. Ela teria voltado para o hotel? Talvez estivesse no seu próprio hotel, ou estivera lá e depois fora embora. Sabia que ela era capaz de atitudes inesperadas, a esmo. Em vez de vagar pela escuridão da cidade, seus passos lânguidos existindo apenas para serem devorados pelos dele, em vez de escolher um lugar onde alguém pudesse encontrá-la com a mesma astúcia que usara para atraí-lo, ela bem podia ter perdido o ímpeto, voltado para Hedges e dito: fui dar uma volta.

Há sempre um momento certo, ele pensou, que não volta nunca. Começou a voltar, como que perdido, por ruas que já entrevira. O entusiasmo se fora, andava ao acaso, já não estava seguro de seus instintos, tentava imaginar o que ela teria decidido.

Parou na escadaria perto do Heuwaage. A praça estava vazia. Sentiu um frio súbito. Um homem passava lá embaixo, sozinho. Era Hedges. Estava sem gravata, o colarinho do paletó virado para cima. Andava sem norte, em busca dos próprios sonhos. Havia notas amarrotadas em seus bolsos, cigarros dobrados ao meio. A palidez da pele era visível de longe. O cabelo estava despenteado. Não fazia de conta que era jovem, tinha deixado isso para trás, estava por inteiro no coração de sua própria vida, de sua obra frustrada, um homem que tomava trens suburbanos, bebia chá, esperando alguma coisa, alguma prova final de que seus talentos estavam à altura de outros. Este mundo está dando à luz um novo mundo, ele dizia. Ele se aproximava do coração da galáxia. Era isso que estava escrevendo, era isso que estava inventando. Seus poemas viriam a ser nossa história.

As ruas estavam desertas, os restaurantes tinham apagado as luzes. Num café, em meio à repetição de mesas vazias, de cadeiras de cabeça para baixo, Hedges sentou-se sozinho, a camisa cor de tinta de caneta, a barba de médico. Jamais a encontraria. Era como um desempregado, um inválido, sem lugar para onde ir. As cidades da Europa estavam em silêncio. Ele tossiu baixinho no sereno. O Goetheanum da fotografia, aquele que ela mostrara, já não existia. Ardera num incêndio na noite de 31 de dezembro de 1922. Naquela noite, houvera uma conferência, e toda a platéia voltara para casa. O vigia noturno percebera a fumaça, e pouco depois o fogo se mostrou. Alastrou-se com rapidez espantosa, e os bombeiros trabalharam em vão. Por fim, a situação saiu do controle. Um inferno se formava atrás das grandes janelas. Steiner mandou que todos saíssem do prédio. Exatamente à meia-noite, um pedaço do domo central cedeu, as chamas despontavam e rugiam. As vidraças, que brilhavam com seu vidro especial, começaram a explodir por causa do calor. Uma multidão enorme viera das aldeias vizinhas e mesmo da Basiléia, a quilômetros dali; o incêndio era visível de longe. Por fim, o domo veio abaixo, chamas verdes e azuis subiam dos tubos metálicos do órgão. O Goetheanum chegou ao fim; ao romper do dia, seu mestre, seu sacerdote, seu criador solitário, andava entre cinzas.

Uma nova estrutura, de concreto, foi erguida no lugar. Da antiga, restaram apenas fotos.

Cometa

Philip casou-se com Adele num dia de junho. O dia estava encoberto e o vento soprava. Mais tarde, o sol saiu. Foi bem depois do primeiro casamento dela, e Adele vestia branco: sapatilhas brancas de salto baixo, uma saia branca e comprida, bem justa no quadril, uma blusa diáfana com um sutiã branco por baixo e, no pescoço, um colar de pérolas de água doce. Casaram-se na casa dela, a que ficara com ela depois do divórcio. Todos os amigos estavam lá. Ela acreditava firmemente na amizade. A sala estava apinhada.

"Eu, Adele", disse em voz firme, "me entrego por inteiro a você, Phil, como sua esposa..." Atrás dela, como padrinho, um pouco distraído, estava o filho mais moço, e preso à roupa de baixo dela, como se fosse de empréstimo, havia um pequeno disco prateado, na verdade uma medalha de são Cristóvão que seu pai usara na guerra; ela puxara várias vezes o elástico da saia para mostrá-la aos convidados. Junto à porta, com ar de quem está fazendo uma visita ao jardim, havia uma velha senhora que controlava um cachorrinho pelo punho de uma bengala passada por baixo da coleira.

Durante a recepção, Adele sorriu feliz, bebeu demais, riu e coçou os braços com suas unhas compridas de dançarina. O novo marido a admirava. Teria lambido a palma de suas mãos como um bezerro lambe sal. Ela ainda era jovem o bastante para ser atraente, o último fulgor, muito embora fosse velha demais para ter filhos, pelo menos no que dependesse dela. O verão estava chegando. Ela surgia na luz difusa da tarde em seu maiô preto, braços e pernas bronzeados, o sol brilhante por trás. Era uma figura forte, saindo do mar e avançando pela areia fofa, com aquelas pernas, com os cabelos molhados de nadadora, com aquela graça sem pose nem pressa.

Começaram a dividir a vida — a dela, sobretudo. Eram dela os móveis e os livros, quase todos ainda por ler. Gostava de contar histórias sobre DeLereo, o primeiro marido — Frank era o nome dele —, herdeiro de um império de coleta de lixo. Ela o chamava Delerium, mas as histórias não eram despidas de afeição. A lealdade era o seu código — uma coisa que vinha da infância, mas também dos anos de casamento, oito anos exaustivos, ela dizia. Os termos do casamento eram simples, tinha que admitir. Sua tarefa consistia em estar bem-vestida, servir o jantar e trepar uma vez por dia. Certa vez, na Flórida, alugaram um barco com outro casal para ir pescar ao largo de Bimini.

"Vamos jantar bem", DeLereo dissera, feliz da vida, "podem embarcar e vamos embora. Quando a gente acordar, a corrente do Golfo vai estar para trás."

A viagem começou bem, mas acabou de outro jeito. Não chegaram a cruzar a corrente do Golfo — o capitão era de Long Island e se perdeu. DeLereo deu-lhe cinqüenta dólares para entregar o leme e sair do convés.

"Mas você entende alguma coisa de barcos?"

"Mais do que você", DeLereo respondeu.

Agia sob um ultimato de Adele, mortalmente pálida e deitada numa cabine. "Ou você leva a gente para um porto, ou vai dormir sozinho."

Philip Ardet ouvira essa e outras histórias muitas vezes. Era cavalheiro e elegante; recuava um pouco a cabeça quando falava, como se o outro fosse um cardápio. Os dois tinham se conhecido no campo de golfe, quando Adele estava aprendendo a jogar. Era um dia chuvoso e o campo estava quase vazio. Adele e um amigo iam começar uma partida quando uma figura meio calva, carregando um saco de lona com alguns tacos, pediu para se juntar a eles. Adele deu uma tacada passável. O amigo mandou a bola para o outro lado da estrada e bateu uma segunda bola, que saiu saltitando. Phil, meio intimidado, pegou um velho madeira três e cobriu uns duzentos metros de campo.

Aquela era a sua *persona*, destra e calma. Estudara em Princeton e depois entrara na Marinha. Tinha jeito de quem estivera na Marinha, Adele dizia — ele tinha as pernas fortes. Na primeira vez que saíram, ele notou que, curiosamente, algumas pessoas gostavam dele, outras, não.

"E quando gostam de mim eu perco o interesse."

Ela não sabia se tinha entendido bem, mas gostou da aparência dele, um pouco gasta, especialmente ao redor dos olhos. Aquilo dava a sensação de que ele era um homem de verdade, ainda que talvez não o homem que ele de fato fora. Além do mais, era inteligente, como um professor de universidade, ela explicou.

Ser amado por ela era digno de nota, mas de algum modo ser amada por ele parecia ter mais valor. Havia alguma coisa nele que dispensava o mundo. De algum modo, ele parecia não se importar consigo mesmo, estar acima disso.

Não ganhava muito dinheiro, como ela soube depois. Escrevia para uma revista semanal de negócios. Adele ganhava quase a mesma coisa vendendo casas. Começara a ganhar um pouco de peso. Isso foi alguns anos depois que se casaram. Ainda era bonita — o rosto era —, mas assumira contornos mais confortáveis. Ia para a cama com um drinque, como quando tinha vinte e cinco anos. Phil, um casaco esporte por cima do pijama, sentava-se para ler. Às vezes andava assim pela varanda de manhã. Ela bebericava e o observava.

"Sabe de uma coisa?"

"O quê?"

"Eu transo gostoso desde os quinze anos", ela disse.

Ele levantou a vista.

"Não comecei tão cedo", confessou.

"Devia ter começado."

"Ótimo conselho. Só que já é meio tarde."

"Lembra quando começamos?"

"Lembro."

"A gente mal parava", ela disse. "Lembra?"

"Era uma boa média."

"Ah, bom saber", ela disse.

Depois que ele foi dormir, ela assistiu um filme. As estrelas de cinema também envelheciam e tinham problemas sentimentais. Mas era diferente — tinham colhido recompensas sem fim. Ela assistia, pensando. Pensou no que fora, no que tivera. Podia ter sido uma estrela.

Mas o que Phil sabia disso tudo — estava dormindo.

Chegou o outono. Certa manhã, estavam na casa dos Morrissey — Morrissey era um advogado alto, executor de muitas heranças e depositário de outras. Aprendera o que sabia lendo testamentos, vendo de perto o coração humano, ele dizia.

No almoço estava um sujeito de Chicago que fizera fortuna com computadores, um imbecil, logo se viu, que fez um brinde durante a refeição.

"Ao fim da privacidade e da dignidade", ele disse.

Estava com uma mulher desconsolada, que pouco antes descobrira que o marido tinha um caso com uma negra em Cleveland, um caso que já durava sete anos. Talvez até com uma criança no meio.

"Por aí vocês vêem como vir para cá é como uma lufada de ar fresco para mim", ela disse.

As mulheres mostraram-se compreensivas. Sabiam o que ela precisava fazer — repensar por inteiro os sete últimos anos.

"Isso mesmo", disse o seu par.

"Repensar o quê?", Phil quis saber.

Responderam-lhe com impaciência. A mentira, elas disseram, a mentira — ela fora enganada o tempo todo. Enquanto isso, Adele servia-se de mais vinho. O guardanapo cobria o lugar onde ela já derrubara uma taça inteira.

"Mas nesse tempo todo a sua vida foi feliz, não foi?", Phil perguntou sem malícia. "Você viveu isso. E isso você não tem como mudar, não tem como transformar tudo em infelicidade."

"Aquela mulher roubou meu marido. Ela roubou tudo que ele prometeu ser."

"Não me leve a mal", Phil disse suavemente. "Isso acontece todo dia."

Levantou-se um clamor geral, como de um coro, cabeças que se projetavam como gansos sagrados e sibilantes. Só Adele ficou quieta.

"Todo dia", ele repetiu, a voz quase inaudível, a voz da razão ou pelo menos dos fatos.

"Eu jamais roubaria o marido de alguém", Adele disse então. "Nunca." Quando bebia, seu rosto ganhava um tom de cansaço, um cansaço que conhecia a resposta para tudo. "Jamais quebraria uma promessa."

"Não acho que você quebraria", Phil disse.

"E também jamais correria atrás de alguém de vinte anos."

Estava falando da professora particular, a menina que aparecera uma vez, a juventude ardendo por baixo das roupas.

Silêncio.

O resto de sorriso se foi, mas o rosto de Phil ainda parecia afável.

"Eu não abandonei a minha mulher", ele disse tranqüilamente. "Ela me pôs para fora de casa."

"Ele deixou a esposa e os filhos", Adele disse.

"Não deixei ninguém. De qualquer maneira, estava tudo acabado entre nós. Fazia mais de um ano", disse tudo isso no mesmo tom, como se tivesse acontecido a uma outra pessoa. "Ela era a professora particular do meu filho", explicou. "Eu me apaixonei por ela."

"E vocês tiveram alguma coisa?", Morrissey sugeriu.

"Ah, tivemos."

Há amor em jogo quando não se consegue mais falar, quando não se consegue nem respirar.

"Dois ou três dias depois", ele confessou.

"Dentro de casa?"

Phil fez que não com a cabeça. Teve uma sensação estranha, de estar indefeso. Estava se abandonando.

"Não fiz nada em casa."

"Ele deixou a esposa e os filhos", Adele repetiu.

"Você sabia disso", Phil disse.

"Simplesmente foi embora. Quinze anos de casado, desde os dezenove."

"Não ficamos quinze anos casados."

"Tinham três filhos", ela disse, "um deles retardado."

Alguma coisa acontecera — ele não conseguia falar, sentia alguma coisa no peito, uma espécie de náusea. Como se estivesse expelindo pedaços de um passado íntimo.

"Ele não era retardado", conseguiu dizer. "Ele tinha... tinha dificuldade para aprender a ler, só isso."

Nesse instante, foi tomado por uma imagem dolorida de si mesmo e do filho, anos atrás. Uma tarde, tinham remado até o meio do lago de um amigo e pulado na água, só os dois. Era verão. O filho tinha seis ou sete anos. Havia uma camada de água morna sobre as águas mais frias e profundas, havia o verde esmaecido dos sapos e das plantas aquáticas. Nadaram até a margem oposta e depois voltaram, a cabeça loira e o rosto aflito do garoto sobre a superfície da água, como um cachorrinho. Um ano de alegria.

"Conte o resto para eles", Adele disse.

"Não tem resto nenhum."

"Acabaram descobrindo que a tal professora era uma espécie de garota de programa. Ele a pegou na cama com outro."

"É verdade?", Morrissey perguntou.

Estava debruçado sobre a mesa, o queixo apoiado numa das mãos. As pessoas pensam que se conhecem porque saem para jantar ou jogar baralho, mas na verdade não sabem nada. É sempre uma surpresa. Ninguém sabe nada.

"Não tinha importância", Phil murmurou.

"Então a besta se casa com ela, mesmo assim", Adele prosseguiu. "Ela vai para a Cidade do México, onde ele está trabalhando, e os dois se casam."

"Você não entende nada, Adele", ele disse.

Queria falar mais, mas não conseguiu. Era como estar sem fôlego.

"Vocês ainda se falam?", Morrissey perguntou, como quem não quer nada.

"Claro, por cima do meu cadáver", Adele disse.

Ninguém ali entenderia, ninguém ali poderia imaginar a Cidade do México e o primeiro ano inacreditável, descendo para o litoral nos fins de semana, passando por Cuernavaca, as pernas nuas dela tomando sol, os braços, a vertigem e a submissão que ele sentia com ela, como diante de uma fotografia proibida, como diante de uma obra de arte avassaladora. Dois anos na Cidade do México, sem pensar no naufrágio. Era aquela sensação de divindade que lhe dava forças. Estava vendo aquele pescoço inclinado para a frente, aquela nuca esguia. Estava vendo aquele traço sutil de ossos que pareciam pérolas descendo por aquelas costas lisas. Estava vendo a si mesmo como era antes.

"Ainda falo com ela", ele admitiu.

"E com a sua primeira esposa?"

"Ainda falo com ela também. Temos três filhos."

"Ele a deixou", Adele disse, "o Casanova aqui."

"Algumas mulheres têm uma cabeça de policial", Phil disse como para si mesmo. "Isto é certo, isto é errado. Bem, de todo modo..."

Levantou-se. Percebeu que fizera tudo errado, na ordem errada. Tinha posto a vida inteira a pique.

"De todo modo, uma coisa eu posso dizer com toda a sinceridade. Se eu pudesse, faria tudo de novo."

Continuaram conversando depois que ele foi embora. A mulher cujo marido fora infiel por sete anos sabia bem como era tudo aquilo.

"Ele diz que não consegue se segurar", ela disse. "Eu sei como é. Uma vez, eu fui à Bergdorf e vi um casaco verde na vitrine, gostei, entrei e comprei. Logo depois, em alguma outra loja, vi um que eu achei melhor que o primeiro, então comprei também. Bem, no final eu estava com quatro casacos verdes pendurados no closet — eu não conseguia controlar meus desejos."

Do lado de fora, o céu, o domo do céu, estava riscado de nuvens e as estrelas mal brilhavam. Adele finalmente o distinguiu ao longe, no meio da escuridão. Caminhou trôpega em sua direção. Viu que ele estava de cabeça levantada para o céu. Parou perto e levantou a cabeça também. O céu começou a rodopiar. Deu um ou dois passos a esmo para se firmar.

"O que você está olhando?", disse por fim.

Ele não respondeu. Não tinha a menor intenção de responder. Então:

"O cometa", ele disse. "Deu no jornal. Dizem que esta é a noite em que ele vai ficar mais visível."

Silêncio.

"Não estou vendo cometa nenhum", ela disse.

"Não?"

"Onde está?"

"Bem ali", ele apontou. "Não parece nada, parece uma estrela qualquer. É aquela estrela a mais, perto das Plêiades." Ele conhecia todas as constelações. Ele as vira subir na escuridão sobre litorais desolados.

"Vamos, amanhã você vem ver", ela disse, quase em tom de consolo, mas sem chegar mais perto.

"Amanhã ele não vai estar lá. É agora ou nunca."

"Como você sabe onde ele vai estar?", ela disse. "Vem, é tarde, vamos embora."

Ele não se mexeu. Dali a pouco, ela caminhou para casa, onde todas as luzes estavam acesas, em cima e embaixo, uma extravagância. Ele ficou onde estava, olhando para o céu e depois para ela, à medida que ela ficava menor e menor, cruzando o jardim, chegando primeiro à aura, depois ao brilho das luzes, até tropeçar nos degraus da cozinha.

Os olhos das estrelas

Era baixinha, as pernas curtas, e o corpo, do pescoço para baixo, perdera os contornos. Tinha braços de cozinheira. Quando chegou aos sessenta, Teddy ficou com a mesma cara por uma década e provavelmente continuaria do mesmo jeito, não havia muito o que mudar. Tinha bolsas sob os olhos e uma dobra no queixo, ligeiramente afundada quando era menina, e agora perdida entre muitas outras; mas se vestia com apuro e as pessoas gostavam dela.

Myron, o marido morto, era oftalmologista e orgulhava-se de tratar os olhos de muitas estrelas, ainda que no mais das vezes o paciente fosse apenas parente de uma estrela, um sobrinho ou uma sogra, quase a mesma coisa. Ele recitava com precisão o estado de todos esses olhos, retinite, ambliopia discreta...

"E essa aí?"

Os cabelos prateados, ele revelava:

"Olho preguiçoso."

Mas Myron partira. Não era um homem muito interessante, Teddy às vezes admitia, exceto por saber exatamente o que havia de errado com os olhos de pacientes famosos. Tinham-se casado quando ela já passava dos quarenta e já se resignara à solteirice; não que ela não desse para boa esposa, o problema é que nessa época o resto, como ela mesma dizia, usava tamanho 48.

Nem sempre fora assim. Muito embora não chegasse ao ponto de dizer, como a célebre sra. Wilson duzentos anos antes, em Londres, que não revelaria as circunstâncias que a tinham tornado amante de um homem mais velho aos quinze anos de idade, Teddy tinha uma experiência parecida. O primeiro grande episódio de sua vida fora com um escritor, um romancista emperrado, vinte anos mais velho. Ele a vira pela primeira vez numa parada de ônibus. Ela não era, mesmo na época, exatamente bonita, mas lá estava um corpo que, por então, exprimia muito do que a juventude tem para oferecer. Ele a levou para pôr o primeiro diafragma de sua vida, e foram amantes por três anos, até que ele deixou a cidade, voltou à literatura e, por fim, a um casarão em Nova Jersey.

Por algum tempo, manteve contato com ele, seu vínculo real com o mundo adulto, e é claro que lia os livros, mas aos poucos as cartas dele foram rareando até que simplesmente pararam de chegar — e, com elas, a esperança tola de que um dia ele voltaria.

Conforme os anos passaram, começou a lembrar cada vez menos dele como ele fora e cada vez mais de uma única imagem: passear de carro. Naquela época, as avenidas eram largas e muito claras, e o carro costurava de leve enquanto ele, semi-embriagado, contava histórias de atores e festas a que não a levara.

Ele conseguira para ela um emprego no setor de roteiros, e Teddy começou uma longa carreira no mundo do cinema, com suas amizades íntimas, trapaças e sonhos. Nos limites desse mundo, ela era uma pessoa confiável e tentava ser honesta. No fim, virou produtora. Na verdade, nunca produziu nada, mas sugeriu uma coisa ou outra e acompanhara seu percurso rumo à realização ou ao esquecimento, às vezes rumo a ambos. O casamento com o dr. Hirsch ajudara a carreira. Um dos pacientes dele era um sujeito rico, dono de uma companhia de programas de auditório, e por seu intermédio Teddy conhecera figuras da televisão. Mas a chance tão esperada só veio quando ela já era viúva. Foi convidada a co-produzir um programa que acabou fazendo sucesso, e um ano depois virou produtora exclusiva quando a sócia se apaixonou e resolveu se casar com um empresário venezuelano. De modos fáceis, sentimental mas esperta, ia para o trabalho num carro barato, e a equipe inteira gostava dela. Todos se esforçavam por agradá-la, para vê-la sorrir e dar risadas.

Não é difícil reconhecer os contornos do enredo. Uma figura romântica e misteriosa, cínica e bem capaz de se cuidar, mas, no fundo, de um idealismo desconsolado. Nessa versão, um advogado, primeiro da turma na faculdade de Direito, que larga tudo depois de anos num grande escritório e começa a trabalhar por conta própria, como investigador ou seja lá o que for, inclusive assumir, pelo preço correspondente, o caso de algum motorista embriagado. Em suma, o herói obscuro dos romances policiais baratos. Num episódio memorável, ele sai do escritório vestido para a noite e vai a uma festa de aniversário em Palm Springs, onde vê a podridão moral de seu cliente e acaba seduzindo a mulher dele.

A sorte é que o ator parecia feito para o papel. Boothman Keck tinha passado dos quarenta, mas aparentava menos. Começara tarde a carreira de ator, quando levou o filho de doze anos a um teste e lhe perguntaram se já representara alguma vez.

"Não", ele respondeu.

"Não? Nunca?"

"Bem, não que eu saiba."

Ele tinha alguma coisa do que eles queriam para um papel pequeno, um alcoólatra que ainda conservava alguma hombridade.

"E o que você faz da vida?"

"Sou técnico de natação", Keck disse.

"Técnico particular?"

"Não, de uma equipe. De uma escola secundária", ele explicou.

Gostaram dele. O resto foi pura sorte. O filme recebeu alguma atenção, e ele junto. Teddy fechara contrato com ele. De início, ele não a notou, mas aos poucos começou a vê-la de outro modo e até a gostar de sua aparência, o fato de ser gorda e baixa. Por alguma razão, ela o tratava por Bud. Os dois se davam bem. Até ali sua vida fora comum, mas agora estava vivendo uma outra que era o exato oposto. Jamais perdeu a modéstia.

"É tudo um sonho", ele admitia.

Então Deborah Legley, que não filmava havia alguns anos, mas cujo nome ainda circulava — a arrogância esguia de quando era jovem, o casamento com um imortal —, veio da Costa Leste para uma ponta como atriz convidada. Estava ganhando bem, bem demais, na opinião de Teddy, e desde o começo criou dificuldades. Desceu do avião de óculos escuros e sem maquiagem, mas esperava ser reconhecida. Teddy foi buscá-la. Tiveram que esperar um pouco até o carro chegar. No set de filmagem, ela provou ser um monstro. Fazia todo mundo esperar, esnobava o diretor e mal dava pela presença da equipe.

Teddy teve que convidá-la para jantar e também chamou Keck, cuja esposa tinha viajado, para tornar a noite mais suportável. Comprou caviar, Beluga, o da lata grande, redonda, com o esturjão no rótulo. Pôs o caviar no meio do gelo moído e rodelas de limão ao redor. Comeriam o caviar, tomariam um drinque e depois iriam a um restaurante. Keck pegaria Deborah no hotel. Teddy consultou o relógio. Passava das sete. Chegariam logo.

* * *

Estacionando sob as palmeiras altas e escuras, Keck entrou no hotel e subiu para a suíte. Um cachorro começou a latir assim que ele bateu na porta. Esperou e bateu de novo. Ficou olhando para o carpete. Finalmente:

"Quem é?"

"É o Booth."

"Quem?"

"Booth", ele disse mais alto.

"Só um minuto."

Esperou tanto quanto antes. O cachorro parou de latir. Silêncio. Bateu de novo. Por fim, como uma cortina que se levanta, a porta se abriu.

"Entre", ela disse. "Me desculpe, você esperou muito?"

Ela usava um casaco de seda cor-de-bronze, mais ou menos esporte, e uma camiseta branca e acetinada por baixo.

"Alguma coisa vazou no banheiro", ela explicou, fechando um brinco e entrando no quarto à frente de Keck. "Mas, enfim, esse horror de jantar... O que vamos fazer?"

O cachorro estava cheirando a perna dele.

"Não quero nem pensar numa noite inteira com aquela mulher", ela continuou, "não há quem agüente. Não sei como você suporta. Aqui, sente aqui."

Deu um tapinha no sofá ao lado. O cachorro pulou para cima.

"Pode descer, Sammy", ela disse, empurrando-o com as costas da mão.

Deu mais um tapinha no sofá.

"É uma idiota. No aeroporto, o motorista estava com um cartaz enorme com o meu nome, dá para imaginar? Abaixe isso, eu disse na hora."

Suas narinas se dilatavam de aborrecimento ou de irritação, Keck não sabia dizer qual. Ela tinha dois jeitos de fazer aquilo. Um era altaneiro e irritado, como um puro-sangue. O outro era mais íntimo, como um alçar de sobrancelha.

"O imbecil! Só faltava agitar para todo mundo ver, para dar uma de importante. Tudo que eu queria, não é? Se tivesse qualquer coisa, a menor coisa errada com o hotel, eu voava direto para Nova York. Mas eles me conhecem, fiquei tantas vezes aqui."

"Posso imaginar."

"Então, o que vamos fazer?", ela disse. "Vamos tomar um drinque e pensar em alguma coisa. Tem vinho branco no frigobar. Agora só bebo vinho branco. Tudo bem por você? Podemos pedir alguma coisa."

"Acho que não temos tanto tempo assim", Keck disse.

"Temos todo o tempo do mundo."

O cachorro prendera as calças de Keck com as duas patas da frente.

"Sammy", ela disse, "pode parar."

Keck tentou se livrar.

"Depois, Sammy", ele disse.

"Parece que ele gostou de você", ela disse. "Mas quem não gostaria, hum? Você está de carro, não está? Por que não vamos jantar em Santa Monica?"

"Quer dizer, sem a Teddy?"

"Sem sombra da Teddy."

"É melhor ligar antes."

Keck sentou-se ao lado do telefone, sem saber o que dizer.

"Alô, Teddy? É o Booth. Não, estou no hotel. Escute, o cachorro da Deborah está passando mal e ela não pode sair para jantar. Vamos ter de desmarcar."

"O cachorro? O que tem o cachorro?", Teddy perguntou.

63

"Ah, ele está vomitando e não consegue... não consegue ficar em pé direito."

"Ela vai precisar de um veterinário. Eu conheço um bom. Espere, vou pegar o número."

"Não, não precisa", Keck disse. "Ela já chamou um, conseguiu o número com o hotel."

"Bem, então diga a ela que sinto muito. Se precisar do outro número, me ligue."

Quando desligou, Keck disse:

"Tudo bem."

"Você mente quase tão bem quanto eu."

Ela serviu um pouco de vinho.

"Ou você prefere alguma outra coisa?", ela repetiu. "Podemos beber aqui ou podemos beber lá."

"Lá, onde?"

"Você conhece o Rank's? Descendo pela Pacific. Faz séculos que não vou lá."

Ainda não estava escuro. O céu era de um azul profundo, intenso, vasto e sem nuvens. Desceram para a praia, ela sentada ao lado, o pescoço gracioso, as faces, o perfume. Ele se sentiu um impostor. Ela ainda era a encarnação da beleza. Seu corpo parecia jovem. Quantos anos teria? Cinqüenta e cinco, pelo menos, mas quase sem rugas. Uma deusa, ainda. Não podia imaginar, antes, que um dia atravessaria Wilshire com ela, rumo ao poente.

"Você não fuma, não é?", ela perguntou.

"Não."

"Ótimo. Odeio cigarro. Nick fumava dia e noite. É claro que morreu disso. Não queira ver, a coisa chegando nos ossos, sem nada que pare a dor. É horrível. Chegamos."

Havia um letreiro de neon sem a primeira letra, F; estava assim havia anos. Dentro, barulho e escuridão.

"O Frank está por aí?", Deborah perguntou ao garçom.

"Um minuto", ele disse, "vou ver."

Algumas cabeças se voltaram quando ela passou pelo bar, primeiro para ver o andar insolente, depois ao ver quem ela era. Minutos depois, um rapaz de camisa e sem gravata veio até onde estavam sentados.

"Vocês estavam procurando o Frank?", ele disse, reconhecendo ambos, mas fazendo de conta que não, por educação. "O Frank não trabalha mais aqui."

"O que aconteceu?", Deborah perguntou.

"Ele vendeu o restaurante."

"Quando foi isso?"

"Um ano e meio atrás."

Deborah fez um gesto com a cabeça.

"Vocês deviam mudar o nome lá fora ou alguma coisa assim, para não enganar ninguém."

"Bem, o restaurante sempre teve esse nome. Trabalhamos com o mesmo menu, o mesmo chefe de cozinha", ele explicou cordialmente.

"Bom saber", ela disse. Então, para Keck: "Vamos embora."

"Foi alguma coisa que eu falei?", perguntou o novo proprietário.

"Provavelmente", ela respondeu.

Teddy tinha ligado e cancelado a reserva. Ficou pensando no cachorro. Não se preocupara em lembrar o nome. No set, ficou dentro da caminha, a cabeça por cima das patas, espiando. Teddy tivera um cachorro por muitos anos, uma cadela *pug* inglesa chamada Ava, um pedaço de veludo enrugado com olhos protuberantes e índole cômica. Surda e quase cega no final, incapaz de andar, era levada quatro ou cinco vezes por dia ao jardim, onde se erguia sobre as pernas trêmulas e olhava desamparada para Teddy com seus olhos que não viam e pareciam cobertos de giz. Por fim, não houve mais o que fazer e Teddy a levou ao veterinário pela última vez. Entrou com ela no colo, lágrimas escorrendo pelo rosto. O veterinário fez de conta que não percebeu e saudou a velha cadela.

"Olá, princesa", disse gentilmente.

Com uma das colheres de marfim, Teddy pôs um pouco de caviar em cima de uma torrada e a comeu. Foi até a cozinha buscar o ovo cozido e trouxe tudo para a sala de estar. Resolveu beber um pouco de vodca também. Havia uma garrafa na geladeira.

Serviu-se de mais caviar, com o ovo e um toque de limão. Havia caviar demais para sequer pensar em comer sozinha; decidiu que o levaria ao set no dia seguinte. Faltavam apenas duas semanas de filmagem. Talvez tirasse umas férias curtas depois. Talvez descesse até Baja, junto com uns amigos. Estivera em Baja aos dezesseis anos. No México, podia beber e fazer o que quisesse, embora muitas vezes dormissem em camas separadas. Tinham camas de solteiro no apartamento do Venice Boulevard e também, naquele verão, na casa de Malibu que alugaram de um ator que saíra para filmar por seis semanas. Havia uma trilha coberta de folhagem que levava à praia. Não usou biquíni naquele ano, ficava muito constrangida, lembrava bem. Usava um maiô inteiriço, o mesmo todos os dias, e fez um aborto quando chegou o outono.

No caminho de volta, uma mariposa pousou no pára-brisas. Estavam a setenta quilômetros por hora; as asas tremiam enquanto ela resistia a ser atirada na noite pelo que devia lhe parecer um vendaval titânico. Mas ela se aferrava obstinadamente, como um punhado de pó cinzento, denso e trêmulo.

"O que você está fazendo?", ela perguntou.

Keck tinha freado e parado. Inclinou-se para fora e cutucou a mariposa, que voou abruptamente para a escuridão.

"Você é budista ou alguma coisa do gênero?"

"Não", ele disse. "Não sabia se ela queria ir para onde estamos indo, só isso."

No Jack's, logo lhes deram uma boa mesa. Ela disse que costumava freqüentar o lugar quando morava e rodava seus filmes por ali.

"Assisti a todos", Keck disse.

"Pois fez bem. Eram bons. Mas você era um menino. Quantos anos você tem?"

"Quarenta e três."

"Quarenta e três. Nada mau", ela disse.

"Não vou perguntar a sua idade."

"Cuidado com o que diz", ela o advertiu.

"Seja qual for, você não aparenta. Tem cara de trinta."

"Obrigada."

"Sério, é impressionante."

"Não precisa ficar tão impressionado."

Que sotaque era aquele, era britânico ou só estudado, grã-fino? As coisas eram diferentes naquela época, ela dizia. Foi uma época de gênios, grandes diretores, Huston, Billy Wilder, Hitch. A gente aprendia muito com eles.

"Sabe por quê?", ela disse. "Porque eles tinham vivido de verdade, não tinham crescido à base de cinema. Tinham estado na guerra."

"Hitchcock?"

"Huston, Ford."

"Como foi que você e Nick se conheceram?", Keck perguntou.

"Ele viu uma foto minha", ela contou.

"Verdade?"

"Num maiô branco. Mentira, alguém inventou essa história. Inventam todo tipo de coisa. Nós nos conhecemos numa festa no Bistro. Eu tinha dezoito anos. Ele me tirou para dançar. Não sei como, perdi um brinco e comecei a procurar. Ele disse que encontraria, que eu ligasse no dia seguinte. Bem, você imagina, ele era um deus, aquilo me deixou tonta. Mas assim mesmo liguei. Ele me chamou à casa dele."

Keck até imaginava, dezoito anos e tudo pela frente. Qualquer um que a visse nua perderia a cabeça.

"Então você foi."

"Quando cheguei", ela continuou, "ele estava com uma garrafa de champanhe e a cama preparada."

"Foi assim?"

"Ainda não."

"O que aconteceu?"

"Eu disse, obrigada, mas só o brinco, por favor."

"Verdade?"

"Veja bem, ele tinha quarenta e cinco, eu tinha dezoito. Quer dizer, vamos ver o que está acontecendo, nada de abrir a cortina rápido demais."

"A cortina?"

"Você me entendeu. Ele tinha sido um mulherengo e tanto. Eu estava me cuidando."

Encarou-o com um olhar experiente.

"Vocês, homens, sempre ficam ouriçados com as moças. Acham que são uma espécie de brinquedinho erótico. Não conhecem uma mulher de verdade, essa é a diferença."

"A diferença."

As narinas dela se dilataram.

"Com uma mulher de verdade, vocês perdem o rebolado", ela disse.

"Não entendi."

"Ah, não entendeu? Acho que entendeu muito bem."

Um instante depois, ela perguntou:

"Mas então, onde está a sua esposa?"

"Vancouver. Foi visitar a irmã."

"Foi até Vancouver."

"É, foi."

"Vancouver fica bem longe. Quer saber uma coisa que eu aprendi na vida?", ela perguntou.

"O que foi?"

"Que a gente nunca tem a companhia que gostaria de ter. Por alguma razão, você nunca está com quem gostaria de estar."

Talvez fosse fala de alguma peça.

"No caso, comigo."

"Não, não é o seu caso. Pelo menos eu não acho que seja."

Ele se sentiu constrangido. *O que foi, está com medo de alguma coisa?*, ela diria. *Não, por quê? Porque você está meio esquisito.*

Sentiu um nó no estômago. *Qual é o problema, sua esposa?*, ela diria. *Ah, esqueci a esposa. Sempre tem uma esposa.*

Deborah fora ao toalete feminino.

"Alô, Teddy?", Keck disse. Tinha ligado do telefone celular. "Liguei só por ligar."

"Onde você está? O que foi? O cachorro melhorou?"

"Melhorou, o cachorro está bem. Estamos num restaurante."

"Bem, está meio tarde..."

"Nem se incomode. Está tudo em ordem. Eu dou conta do recado."

"Ela está se comportando?"

"Essa mulher? Vou lhe contar uma coisa: ela fica ainda pior quando vai com a sua cara."

"Como assim?"

"Não dá para falar agora, ela está voltando. Sorte sua não estar aqui."

***

Depois de desligar o telefone, Teddy foi se sentar sozinha na sala. A vodca dera uma sensação agradável e tirara toda vontade de saber onde os dois estavam. A poltrona era confortável. Pelas portas envidraçadas, via o jardim na escuridão. Não estava pensando em nada de especial. Observou a mobília de todos os dias, as flores, o abajur. Por alguma razão, deu consigo pensando na vida, coisa que não era muito de fazer. Tinha uma bela casa, não muito grande, mas perfeita para ela. De um canto do jardim podia até ver uma nesga de mar. Tinha um quarto de empregada e um quarto de hóspedes, o closet deste último cheio de roupas dela. Tinha dificuldade de jogar coisas fora, e tinha roupas para todo tipo de situação, mesmo quando a situação já passara havia tempos. Ainda assim, não gostava de imaginar uma coisa bonita jogada no lixo. Mas não tinha para quem dá-las, a empregada não saberia o que fazer com elas, não havia ninguém que pudesse vesti-las.

Olhando para trás, os anos de casamento tinham sido bons. Myron Hirsch deixara mais do que o suficiente para ela se cuidar, e depois disso ainda viera seu próprio sucesso. Para uma mulher de poucos talentos — mas era verdade mesmo ou estava se subestimando? —, tinha se dado bastante bem. Começou a lembrar do começo. Lembrou das garrafas de cerveja rolando no banco de trás do carro quando tinha quinze anos e ele fazia amor com ela todo dia de manhã e ela não sabia se estava começando a vida ou simplesmente jogando tudo fora mas assim mesmo o amava e jamais o esqueceria.

Meu Senhor, Vós

Havia guardanapos amarrotados em cima da mesa, taças de vinho com algum resto escuro, manchas de café e pratos com pedaços de brie endurecido. Mais além das janelas azuladas, o jardim jazia imóvel sob o alvoroço dos passarinhos na manhã de verão. Já estava claro. Tudo fora um sucesso, exceto por uma coisa: Brennan.

Primeiro, ao cair da tarde, tinham se sentado para beber, e depois entraram. A cozinha tinha uma grande mesa redonda, fogão e prateleiras para ingredientes de todo tipo. Deems tinha fama de cozinheiro. O mesmo valia para Irene, a namorada um tanto impenetrável, que tinha um sorriso misterioso; mas os dois jamais cozinhavam juntos. Naquela noite, era a vez de Deems. Serviu caviar numa tigela parecida com um frasco de maquiagem, para ser comido com colheres minúsculas.

"É o único jeito certo", Deems murmurou de perfil. Quase nunca encarava as pessoas. Colheres de prata, antiguidades, Ardis ouviu-o dizer em voz baixa, como se os outros não o tivessem notado.

71

Mas ela notava tudo. Muito embora conhecessem Deems havia algum tempo, ela e o marido nunca tinham entrado na casa. Na sala de jantar, quando foram se sentar, ela tomou nota dos livros, quadros e prateleiras de objetos, inclusive uma de conchas brilhantes, perfeitas. De certo modo, era tão estranho quanto qualquer casa alheia, mas também quase familiar.

Na hora de sentar, houve alguma confusão que Irene tentou em vão resolver enquanto ainda conversavam e o jantar não começava. Lá fora, a escuridão caíra, verde e profunda. Os homens falavam de acampamentos nas florestas de pinho de Maine a que tinham ido quando garotos e sobre Soros, o financista. Bem mais interessante foi o comentário que Ardis ouviu Irene fazer, não sabia em qual contexto:

"Acredito mesmo que pode acontecer de a gente dormir com um homem a mais."

"Você disse 'acredito' ou 'não acredito'?", ela se ouviu perguntar.

Irene apenas sorriu. Vou perguntar depois, Ardis pensou. A comida estava excelente. Havia sopa fria, pato e uma salada de legumes tenros. O café foi servido e Ardis estava brincando distraidamente com a cera derretida das velas quando uma voz trovejou bem atrás dela.

"Estou atrasado. Quem são? São o casal bonito?"

Era um sujeito bêbado, que vestia paletó e calças brancas, sujas com manchas do sangue de um corte que fizera no lábio duas horas antes, quando se barbeava. O cabelo estava molhado, o rosto era arrogante. Era o rosto de um duque dos tempos da Regência, prepotente, mimado. Alguma coisa de irracional reluzia nele.

"Têm alguma coisa para beber? O que é isso, vinho? Mil desculpas por me atrasar. Só precisei de sete conhaques para me despedir da minha mulher. Deems, você sabe como é. Você é o meu único amigo, não é? O único."

"Sobrou alguma coisa do jantar, se você quiser", Deems disse, apontando para a cozinha.

"Nada de jantar. Já jantei. Só quero mesmo alguma coisa para beber. Deems, você é meu amigo, mas vou contar uma coisa, você vai virar meu inimigo. Você sabe o que dizia o Oscar Wilde, meu escritor preferido, o melhor de todos. Qualquer um pode escolher os amigos, mas só o sábio pode escolher seus inimigos."

Encarava Deems com insistência. Era como o abraço de um louco, uma espécie de fúria. A boca tinha um ar de determinação. Quando passou à cozinha, ouviram-no mexer entre as garrafas. Voltou com uma taça perigosamente cheia e olhou ao redor com ousadia.

"Onde está a Beatrice?", Deems perguntou.

"Quem?"

"Beatrice, a sua mulher."

"Foi embora", Brennan disse.

Procurou uma cadeira.

"Visitar o pai?", Irene perguntou.

"E por que visitaria?", Brennan disse em tom de ameaça. Para inquietação de Ardis, sentou-se ao lado dela.

"Ele andou no hospital, não foi?"

"Sabe Deus onde ele esteve", Brennan respondeu obscuramente. "É um porco. Lucro, ganho. É dono de uns cortiços, o criminoso. Se pudesse, eu enforcava. Feito Gómez, o ditador, as filhas deles provavelmente são mulheres ricas."

Percebeu Ardis a seu lado e disse para ela, como se imitasse alguém, talvez a pessoa que supôs que ela fosse:

"Engraçado, né? Maravilha, né?"

Para alívio de Ardis, ele se virou para o outro lado.

"Sou a única esperança deles", disse a Irene. "Vivo do dinheiro deles e é um desastre, é a minha perdição." Estendeu o braço e pediu docilmente: "Eu queria um pouquinho de gelo. Adoro a minha mulher", confidenciou a Ardis. "Sabe como nos conhecemos? Inacreditável. Ela estava andando na praia. Eu não estava preparado para aquilo. Primeiro a visão posterior, depois a anterior, o resto eu imaginei. Bangue! Foi como uma colisão de planetas. Fornicação sem fim. Às vezes eu só fico quieto, observando. *A pantera negra estende-se sob sua roseira*", recitou. "*J'ai eu pitié des autres...*"

Ele a encarou.

"*...mas que a criança caminha em paz em sua basílica*", ele entoou.

"Isso é Wilde?"

"Não conhece? Pound. O único gênio do século. Não, o único, não. Eu também sou: um bêbado, um fracassado e um grande gênio. E você, quem você é? Mais uma dona de casa?"

Ela sentiu que empalidecia e levantou-se para ajudar a tirar a mesa. Ele a segurou pelo braço.

"Não vá. Eu sei quem você é, mais uma mulher sem igual, destinada a fenecer. Bela figura", disse quando Ardis se livrou dele, "belos sapatos."

Enquanto levava alguns pratos para a cozinha, ela o ouviu dizer:

"Não sou muito de vir a jantares assim. Não quando sou convidado."

"Não vejo por quê", alguém murmurou.

"Mas o Deems é meu amigo, meu melhor amigo."

"Quem é esse sujeito?", Ardis perguntou a Irene na cozinha.

"Ah, é um poeta. É casado com uma venezuelana que de vez em quando sai de casa. Nem sempre ele é tão mau assim."

Tinham silenciado na sala. Ardis viu o marido empurrando os óculos com um dedo, nervoso. Deems, de camisa pólo e cabelos desalinhados, tentava conduzir Brennan de volta à porta dos fundos. Brennan parava para falar. Por um momento, pareceu recomposto.

74

"Tem uma coisa que eu quero contar", ele disse. "Passei na frente da escola, ali na rua. Tinham colado um cartaz. Primeiro Concurso Anual de Miss Foda. Sério. É verdade."

"Não, não", Deems dizia.

"Organizaram mesmo, só não sei quando foi. Mas a questão é: estão criando juízo ou perdendo de vez? Só mais um pouquinho", ele implorou; a taça estava vazia. Voltou à carga. "Mas então, o que acha de uma coisa dessas?"

Visto à luz da cozinha, ele parecia apenas amarfanhado, como um jornalista que virou a noite trabalhando duro. O inquietante era o absurdo, o brilho nos olhos. Uma narina era menor que a outra. Estava acostumado a ser intratável. Ardis esperava que ele não a notasse de novo. A testa dele tinha dois pontos reluzentes, como dois chifres nascentes. Os homens se sentem atraídos quando notam que você está com medo deles?

Podia sentir os olhos dele. Silêncio. Podia senti-lo ali, em pé, como um mendigo ameaçador.

"E você é o quê, mais uma burguesa?", ele lhe disse. "Eu sei que andei bebendo. Venha jantar", ele continuou. "Pedi uma coisa maravilhosa para nós dois. Vichyssoise. Lagosta, *s. g.* Está sempre assim no menu, *selon grosseur.*"

Falava em tom casual, como se estivessem juntos num cassino, as fichas empilhadas diante deles, como se trocassem palpites de entendidos sobre as apostas e ele fosse indiferente aos seios sob a camiseta escura. Calmamente estendeu a mão e tocou um deles.

"Eu tenho dinheiro", ele disse. A mão continuou onde estava, apalpando-a. Ela estava pasma demais para se mexer. "Quer que eu faça mais?"

"Não", ela conseguiu dizer.

Ele deixou a mão deslizar até o quadril dela. Deems segurava o outro braço e tentava tirá-lo dali.

"Psiu", Brennan sussurrou, "não diga nada. Só nós dois. Como um remo deslizando pela água."

"Hora de ir embora", Deems insistia.

"Mas o que está fazendo? Mais um truque seu?", Brennan gritou. "Deems, eu vou acabar destruindo você!"

Continuou a falar enquanto era tocado até a porta. Deems era o único homem que ele não abominava, dizia. Queria que todos viessem a sua casa, tinha tudo lá. Tinha um aparelho de som, tinha uísque! Tinha um relógio de ouro!

Finalmente saiu. Andou cambaleante pela grama bem cortada e entrou no carro, de lateral amassada. Deu ré em grandes solavancos.

"Vai para o Cato's", Deems adivinhou. "Eu devia ligar e avisar."

"Não vão servir nada. Ele está devendo dinheiro lá", Irene disse.

"Quem te disse?"

"O *barman*. Tudo bem com você?", perguntou a Ardis.

"Tudo. Ele é casado mesmo?"

"Foi casado três ou quatro vezes", Deems disse.

Mais tarde, começaram a dançar, algumas das mulheres dançavam juntas. Irene puxou Deems. Ele veio sem resistir. Dançava bem. Ela movia sinuosamente os braços, cantando.

"Muito bem", ele disse. "Tem experiência no ramo?"

Irene sorriu.

"Faço o melhor que posso."

No final, ela segurou a mão de Ardis e disse novamente:

"Fiquei tão constrangida com aquilo."

"Não foi nada. Estou bem."

"Eu devia ter enxotado aquele cara", o marido disse quando voltavam para casa. "Ezra Pound. Sabe quem foi Ezra Pound?"

"Não."

"Um traidor. Falava na rádio do inimigo durante a guerra. Deviam ter fuzilado."

"E o que aconteceu com ele?"

"Ganhou um prêmio de poesia."

Estavam descendo um trecho deserto, onde havia, numa esquina, uma casinha meio escondida entre as árvores, uma casinha cigana, Ardis costumava pensar, uma casa simples com uma bomba-d'água no quintal e às vezes, durante o dia, uma garota de bermuda azul, bem curta, e salto alto, pendurando roupas num varal. Hoje a janela estava iluminada. Uma luz junto ao mar. Voltavam de carro para casa e Warren se encarregava de falar.

"O melhor é esquecer esta noite."

"É", ela disse, "não foi nada."

Às duas da manhã, mais ou menos, Brennan derrubou uma cerca na Hull Lane e entrou no jardim de alguém. Passara reto pela curva que a rua faz à esquerda, provavelmente, a polícia supôs, porque estava com os faróis desligados.

Ardis pegou o livro e foi até uma janela que dava para o jardim nos fundos da biblioteca. Leu um pouco disso e daquilo, até que chegou a um poema com alguns versos sublinhados, com notas à margem. Era "A mulher do mercador do rio": nunca ouvira falar. Fora, o verão ardia, branco feito giz. Leu:

Aos catorze anos desposei Meu Senhor, Vós.
Rir é que nunca pude, pois sou tímida.

Havia três velhos, um deles quase cego, ao que parecia, lendo jornais na sala fria. As lentes grossas dos óculos do quase cego projetavam luas pálidas em suas faces.

As folhas caem cedo este ano, com o vento.
As borboletas aos pares já estão amarelas de agosto
Por cima da grama no jardim do poente.
Elas me magoam. Estou ficando mais velha.

Tinha lido poemas e quem sabe até feito notas assim, mas isso fora nos tempos de escola. De tudo que lhe haviam ensinado, só lembrava uma coisa ou outra. Houvera um Meu Senhor, mas ela não se casara com ele. Tinha vinte e um anos, seu primeiro na cidade. Lembrava do prédio de tijolos escuros na rua 58, as tardes de luz enviesada, suas roupas numa cadeira ou caídas pelo chão, e a repetição automática, em surdina, para ela, para ele ou para quem mais fosse: meu Deus, meu Deus, meu Deus. Mal se ouvia o trânsito lá fora, tão distante...

Ela ligara várias vezes nos anos seguintes, acreditando que o amor não morria nunca, sonhando tolamente revê-lo, sonhando com uma volta, como nas canções antigas. Apressar-se novamente, quase correr pela rua na hora do almoço, ouvir de novo o som dos saltos altos na calçada. Ver a porta do apartamento aberta...

Se voltardes pelos estreitos do rio Kiang,
Mandai-me dizer a tempo,
E viajarei o mais longe que possa ao vosso encontro,
Pelo menos até à altura
De Cho-fu-sa

Ficou sentada ali, junto à janela, com o rosto jovem que tinha a marca de um cansaço, de um ligeiro desgosto com as coisas e mesmo, quem sabe, consigo mesma. Um pouco depois, foi até o balcão.

"A senhora por acaso tem alguma coisa de Michael Brennan?", perguntou.

"Michael Brennan", a mulher disse. "Já tivemos, mas ele vem e leva embora porque diz que são lidos por gente indigna de poesia. Acho que já não temos nenhum. Quem sabe, quando ele voltar da cidade."

"Ele mora na cidade?"

"Mora aqui na rua mesmo. Já tivemos todos os livros dele. A senhora o conhece?"

Queria perguntar mais, mas ela fez que não com a cabeça. "Não", respondeu. "É que ouvi falar dele."

"É um poeta", a mulher respondeu.

Sentou-se sozinha na praia. Não havia quase ninguém. Deitou-se de maiô, o sol no rosto e nos joelhos. Fazia calor e o mar estava calmo. Preferia deitar-se nas dunas, com as ondas quebrando perto, ouvir o estrondo que parecia os acordes finais de uma sinfonia mas se repetia uma e outra vez. Não havia nada igual.

Saiu do mar e se enxugou feito a moça cigana, os pés cobertos de areia. Podia sentir o sol lustrando seus ombros. De cabelos molhados, mergulhada no vazio dos dias, foi empurrando a bicicleta pela estrada, sentindo a lama aveludada sob os pés.

Não voltou para casa pelo caminho de sempre. Quase não havia trânsito. O meio-dia era verde-garrafa, casarões entre árvores e atrás, como uma memória, vastos terrenos cultivados.

Ela conhecia a casa e a viu de longe, o coração batendo de um jeito estranho. Quando parou, fingiu um ar casual, a bicicleta inclinada para um lado e ela meio sentada, como quem descansa um pouco. Como é bonito ver uma mulher solitária, de camisa branca de verão e pernas de fora. Fingindo ajustar a corrente da bicicleta, observou a casa, as janelas altas, as manchas de umidade no telhado. Havia um telheiro abandonado, mudas de árvore crescendo na vereda que levava até ele. A longa vereda para os carros, a varanda virada para o mar, tudo estava vazio.

Caminhando devagar, consciente da ousadia, aproximou-se da casa. Precisava olhar pelas janelas, apenas isso. Mesmo assim, apesar do silêncio, apesar da imobilidade completa, sabia que era proibido.

Avançou mais um pouco. Alguém surgiu da varanda lateral. Ela não conseguia dizer nem fazer nada.

Era um cachorro, um cachorro enorme, que passava da cintura, vindo em sua direção, os olhos amarelentos. Sempre tivera medo de cachorros, como o pastor alemão que atacara de surpresa sua companheira de quarto na faculdade e arrancara um pedaço do couro cabeludo. E o tamanho deste, a cabeça baixa, o passo lento e determinado.

Ela sabia, não devia demonstrar medo. Cuidadosamente, foi posicionando a bicicleta entre si e o cachorro. O cachorro parou bem perto, os olhos fixos nos dela, o sol batendo em seu dorso. Não sabia o que esperar, talvez um ataque súbito.

"Bom garoto", ela disse. Não conseguia pensar em mais nada. "Bom garoto."

Movendo-se com cautela, começou a empurrar a bicicleta de volta à estrada, virando a cabeça para o outro lado, tentando parecer despreocupada. Sentia as pernas nuas, as panturrilhas expostas. Seriam arrancadas como por uma foice. O cachorro a seguia, o dorso se mexia suavemente, como uma espécie de máquina. Ela encontrou coragem para começar a pedalar. A roda da frente vacilou. O cachorro, alto como o guidom, chegou mais perto.

"Não", ela gritou, "não!"

Mais um instante e, obediente, ele parou ou tomou outro rumo. Fora embora.

Pedalou como se a tivessem libertado, como se voasse entre

blocos de luz e túneis de sombra, altos e solenes. Então ela o viu de novo. Ele a seguia — não exatamente, uma vez que estava um pouco à frente. Parecia planar sobre os campos que ardiam sob o sol do meio-dia, em chamas. Ela fez uma curva para seguir caminho. Ele veio atrás. Logo atrás. Ela ouvia o tropel das unhas que batiam no chão como pedras. Olhou para trás. Ele trotava desajeitado, como um sujeito grandalhão correndo embaixo de chuva. Um fio de baba pendia da boca aberta. Quando ela chegou em casa, ele desaparecera.

Naquela noite, metida numa camisola de algodão, ela se preparava para dormir, limpando o rosto, a porta do banheiro toda aberta. Penteou o cabelo com movimentos rápidos.

"Cansada?", o marido perguntou quando ela veio.

Era o seu jeito de tocar no assunto.

"Não", ela disse.

Ali estavam eles, naquela noite de verão com o som longínquo do mar. Entre as coisas que o marido mais admirava, Ardis tinha uma pele extraordinária, luminosa e macia, uma pele tão pura que bastava tocá-la para sentir uma espécie de tremor.

"Espere", ela sussurrou, "mais devagar."

Depois, ele se deitou sem dizer uma palavra, já caindo no sono mais profundo, cedo demais. Ela o sacudiu pelo ombro. Ouvira alguma coisa fora da janela.

"Você ouviu?"

"Não, o quê?", ele perguntou, entorpecido.

Ela esperou. Não era nada. Uma coisa mínima, como um suspiro.

Na manhã seguinte, ela disse:

"Ah!", o cachorro estava bem ali, embaixo das árvores. Ela podia ver suas orelhas, orelhas pequenas com manchas brancas.

81

"O que foi?", o marido perguntou.

"Nada", ela respondeu. "Um cachorro que me seguiu ontem."

"De onde?", ele quis saber, aproximando-se para ver.

"De uma casa mais para cima. Acho que é daquele sujeito, daquele Brennan."

"Brennan?"

"Passei pela casa dele", ela contou, "e o cachorro começou a me seguir."

"O que você foi fazer na casa desse Brennan?"

"Nada. Só passei pela frente. Ele nem está em casa."

"Como assim, ele não está em casa?"

"Não sei, ouvi alguém dizer."

Ele abriu a porta e saiu. O cachorro — era um sabujo veadeiro — estava deitado com as patas dianteiras esticadas, como uma esfinge, as cadeiras redondas e alçadas. Levantou-se, desengonçado, e foi embora; parecia relutante e cruzava o campo em ziguezague, sem olhar para trás.

À noite, foram a uma festa em Mecox Road. Ao longe, na direção de Montauk, os ventos varriam o litoral. As nuvens explodiam em nuvens de espuma. Ardis conversava com uma mulher um pouco mais velha, cujo marido morrera pouco antes, aos quarenta anos, de um tumor no cérebro. Ele mesmo se diagnosticara, a mulher contou. Estava no teatro quando percebeu que não conseguia ver a parede à direita. No funeral, a mulher falou, havia duas mulheres que ela não soube reconhecer e que não vieram à recepção logo depois.

"Bem, ele era cirurgião", ela disse, "e elas chegam feito moscas. Mas eu nunca suspeitei. Acho que sou a maior panaca do mundo."

As árvores sucediam-se no escuro enquanto os dois voltavam de carro para casa. A casa surgiu à luz dos faróis brilhantes. Ela pensou ter visto alguma coisa e deu consigo esperando que o marido não tivesse notado nada. Foi ficando nervosa enquanto cruzavam o gramado. As estrelas eram incontáveis. Logo mais, abririam a porta e entrariam, ali tudo era familiar, até sereno.

Pouco depois, eles se preparariam para dormir enquanto o vento investia contra as quinas da casa e as folhas escuras batiam umas nas outras. Desligariam as luzes. Tudo lá fora ficaria ao léu, entregue à majestade do vento.

Era verdade. Ele estava ali. Estava deitado de lado, o pêlo claro todo eriçado. Ela se aproximou devagar, à luz da manhã. Quando levantou a cabeça, seus olhos eram avelã e ouro. Ela viu que ele não era tão jovem, mas sua força estava em não parecer arqueado. Ela falou num tom natural:

"Venha."

Deu alguns passos. No começo, ele não se mexeu. Voltou a olhar para trás. Ele a seguia.

Ainda era cedo. Quando chegaram à estrada, um carro passou, um carro desmazelado e descolorido pelo sol. Uma moça vinha no banco de trás, a cabeça tombada de cansaço, voltando para casa, Ardis pensou, depois de uma noitada exaustiva. Sentiu uma inveja inexplicável.

Já estava quente, mas o calor de verdade ainda não começara. Teve que esperar várias vezes enquanto ele bebia de poças à margem da estrada, pisando na água com as unhas crescidas e molhadas que brilhavam como marfim.

De repente, um outro cachorro veio correndo de uma varanda, latindo ferozmente. O sabujo se virou, os dentes à mostra. Ela trancou a respiração, temendo a visão de um deles manquejando e sangrando, mas, por mais violentos que parecessem, os dois se mantiveram a distância. Mais alguns latidos e tudo acabou. Ele a seguiu com menos determinação, tufos de pêlos úmidos ao redor da boca.

Quando chegaram à casa, ele subiu para a varanda e ficou esperando. Era óbvio que queria entrar. Estava de volta. Devia estar morrendo de fome, ela pensou. Olhou ao redor, para ver se havia alguém por perto. Viu no gramado uma cadeira que não notara antes, mas a casa estava quieta como sempre, nem sequer as cortinas se moviam. Com uma mão que nem parecia ser a sua, ela testou a porta. Estava destrancada.

O saguão era escuro. Mais adiante, havia uma sala de estar em desordem, almofadas empilhadas no sofá, copos em cima das mesas, papéis, sapatos. Na sala de jantar, havia pilhas de livros. Era a casa de um artista, abundância, desmazelo.

No quarto de dormir, havia uma grande escrivaninha, no meio da qual, entre recortes e cartas, alguém abrira um espaço para folhas de papel com uma letra quase ilegível, versos pela metade e palavras sem as vogais. *Morte pai*, ela leu, seguido de coisas indecifráveis e algo que parecia *carrças vzias* e, ao pé da página, duas vezes, *de novo, de novo*. Em letra diferente, viu um trecho de carta, *Eu te amo profundamente. Eu te admiro. Eu te amo e te admiro.* Não conseguiu ler mais. Estava inquieta demais. Havia coisas que preferia não saber. Num porta-retrato de prata batida, viu a foto de uma mulher, o rosto obscurecido por uma sombra, apoiada numa parede, o branco invisível de uma casa de campo mais ao fundo. Através das persianas, podia-se ouvir o barulho suave das palmeiras, os pássaros mais ao alto, na casa em que ele a conhecera, onde sua mocidade fora ousada como uma declaração de guerra. Não, não fora assim. Ele a conhecera na praia, depois tinham subido para a casa. O que interessa é a visão de uma vida mais verdadeira. Leu a inscrição enviesada em espanhol, *Tus besos me destierran.* Pôs o retrato de volta na mesa. Uma fotografia é sacrossanta, ela exclui quem está de fora, sempre. Então aquela era a esposa. *Tus besos*, teus beijos.

Passou, quase em sonhos, a um grande banheiro que dava para o jardim. Quando entrou, sentiu o coração quase parar — vira alguém no espelho. Espiou uma segunda vez antes de notar que era ela mesma e, olhando mais de perto, à luz suave e granulada, que era ela mesma numa versão difusa, quase ilícita. Então entendeu, aceitou o destino, seria encontrada ali, Brennan voltaria e a surpreenderia, voltando do correio ou da mercearia. De repente ela ouviria o som paralisante de passos ou de um carro. Mesmo assim, continuou a se olhar no espelho. Estava na casa do poeta, do demônio. Penetrara câmaras proibidas. *Tus besos...* as palavras não tinham se apagado. Nesse instante, o cachorro apareceu na porta, ficou parado e deitou-se no chão, os olhos inteligentes postos sobre ela, como um amigo íntimo. Ela se virou para ele. Tudo que jamais fizera parecia ao alcance da mão.

Decidida, sem pensar mais, começou a tirar as roupas. Não passou da cintura. Estava siderada pelo que estava fazendo. Em silêncio, à luz do sol lá fora, ficou ali, esguia e seminua, visão fugaz de si mesma, de todas as mulheres. Os olhos do cachorro voltavam-se para ela como em reverência. Era fiel, um companheiro sem rival. Lembrou-se de algumas figuras mais velhas que ela, dos tempos de escola. Kit Vining, Nan Boudreau. Figuras e famas lendárias. Quisera ser como elas, mas nunca tivera chance. Inclinou-se para acariciar a bela cabeçorra.

"Você é um garotão", as palavras soaram autênticas, mais autênticas do que qualquer coisa que tivesse dito havia muito tempo. "Um garotão dos grandes."

O rabo comprido se mexeu e varreu o piso com um ruído baixinho. Ela se ajoelhou e o afagou uma e outra vez.

O crepitar do cascalho sob os pneus de um carro despertou-a num susto. O mais rápido que pôde, quase em pânico, vestiu-se de novo e desceu para a cozinha. Se fosse preciso, sairia correndo pela varanda e depois de árvore em árvore.

Abriu a porta e ficou à espreita. Nada. Desceu correndo pelos degraus de trás e então, de uma quina da casa, viu o marido. Graças a Deus, disse consigo, sem pensar.

Aproximaram-se lentamente. Ele deu uma olhada de relance na casa.

"Vim de carro. Tem alguém aí?"

Fizeram silêncio por um instante.

"Não, ninguém", ela sentiu o rosto enrijecer, como se estivesse contando uma mentira.

"O que você estava fazendo aí?"

"Estava na cozinha", ela disse. "Estava tentando encontrar alguma coisa para o cachorro."

"Encontrou?"

"Encontrei. Quer dizer, não", ela respondeu.

Ele ficou olhando para ela e finalmente disse:

"Vamos para casa."

Enquanto davam ré, ela notou o cachorro deitado à sombra, estirado, desconsolado. Sentiu a nudez sob as roupas, a satisfação. Pegaram a estrada.

"Alguém tem que dar comida para ele", ela disse no caminho. Olhava para as casas e os campos. Warren não disse nada. Dirigia mais rápido. Ela se virou para olhar. Por um momento, pensou que o vira, seguindo de longe.

Mais tarde naquele mesmo dia, ela saiu para fazer compras e retornou às cinco. O vento, que soprava de novo, fechou a porta com estrépito.

"Warren?"

"Você o viu?", o marido perguntou.

"Vi."

Tinha voltado. Estava do lado de fora, no ponto em que o terreno subia de leve.

"Vou ligar para o canil", ela disse.

"Não vão fazer nada. Não é um cachorro de rua."

"Eu não agüento isso. Vou ligar para alguém", ela disse.

"Por que não liga para a polícia? Talvez eles sacrifiquem."

"Por que você não liga?", ela disse friamente. "Peça uma arma emprestada. Ele está me deixando louca."

O dia continuou claro até depois das nove; à última luz, quando as nuvens eram de um azul mais profundo que o céu, ela saiu em silêncio pelo gramado. O marido a espiava da janela. Ardis levava um pote branco nas mãos.

Ela o via nitidamente, o cinza do focinho em meio à grama silenciosa e, quando chegou mais perto, os olhos claros, curtidos. Num gesto quase cerimonial, ela se ajoelhou. O vento remexia seus cabelos. Quase parecia uma desvairada à luz que morria.

"Aqui, beba um pouquinho", ela disse.

Como se a reprovassem, os olhos do cachorro desviaram-se dela. Parecia um fugitivo dormindo sob um manto de pele. Os olhos estavam quase fechados.

Minha vida não significou nada, ela pensou. Mais que tudo, não queria ter de confessar aquilo.

Jantaram em silêncio. O marido não olhou para ela. Não sabia por quê, mas o rosto de Ardis o incomodava. Ela podia ser bonita, mas havia momentos em que não era. O rosto dela era como uma seqüência de fotografias, algumas das quais deviam ter sido descartadas. Era assim que ela estava naquela noite.

"O mar entrou em Sag Pond hoje", ela disse, apática.

"Verdade?"

"Pensaram que uma menina tinha se afogado. Os caminhões dos bombeiros estavam lá. No fim, ela só tinha se perdido." Fez uma pausa. "Precisamos fazer alguma coisa", ela disse.

"O que tiver de ser será", ele respondeu.

"Não, não é assim", ela disse. Num rompante, saiu da sala. Estava a ponto de chorar.

O trabalho do marido consistia essencialmente em dar conselhos. Sua vida servia às vidas alheias, ajudava-as a chegar a acordos, terminar casamentos, manter ex-amigos a distância. Era um mestre naquilo. O linguajar e as técnicas eram parte dele. Vivia em meio ao turbilhão e ao interesse próprio, mas sabia sempre se proteger de ambos. No arquivo havia cartas, memorandos, segredos profissionais. Uma coisa ele aprendera: como todo mundo pode estar à beira da catástrofe, por mais seguro que se sinta. Vira as coisas mudarem de rumo, um acontecimento desastroso atrás do outro. Acontecia sem aviso prévio. Às vezes, as pessoas conseguiam se salvar, mas havia um ponto em que nada mais era possível. Às vezes pensava em si mesmo quando viesse o golpe e as vigas começassem a ceder e a partir, o que seria dele? Ela estava ligando de novo para a casa de Brennan. Ninguém respondia, nunca.

À noite, o vento soprou sem parar. Pela manhã, à primeira luz do dia, Warren podia sentir o silêncio. Ficou na cama, sem se mexer. A esposa estava de costas para ele. Podia sentir a recusa.

Levantou-se e foi até a janela. O cachorro ainda estava lá, podia ver seu contorno. Não sabia grande coisa de animais e nada sobre a natureza, mas podia adivinhar o que acontecera. Estava deitado de um jeito diferente.

"O que foi?", ela perguntou. Levantara-se e estava a seu lado. Pareceu ficar ali por muito tempo. "Está morto."

Correu para a porta. Ele a segurou pelo braço.

"Me largue", ela disse.

"Ardis..."

Ela começou a chorar.

"Me largue."

"Pare com isso!", ele a chamou. "Pare com isso!"

Correu de camisola pelo gramado. O chão estava úmido. Chegando mais perto, parou um instante para se acalmar, para juntar coragem. Só lamentava uma coisa — não ter se despedido.

Deu um passo ou dois adiante. Podia sentir seu peso largado no chão, um peso que se dispersaria, que se transformaria em outra coisa, os nervos se desfazendo, os ossos perdendo massa. Quis fazer o que nunca fizera, abraçá-lo. Nesse momento, ele levantou a cabeça.

"Warren!", ela gritou, virando-se para a casa. "Warren!"

Como se os gritos o perturbassem, o cachorro se pôs de pé. Mexia-se com lerdeza. As mãos contra a boca, ela olhou para o lugar em que ele estivera, onde a grama estava ligeiramente nivelada. A noite inteira, de novo. De novo, a noite inteira. Quando o procurou de novo, já estava a alguma distância.

Correu atrás dele. Warren podia vê-la. Parecia livre. Parecia outra mulher, mais jovem, do tipo que se vê pelos campos poeirentos à beira-mar, de biquíni, roubando batatas com os pés descalços.

Nunca mais o viu. Passou muitas vezes diante da casa, volta e meia vendo o carro de Brennan, mas nenhum sinal do cachorro, ali ou na estrada ou pelos campos.

Certa noite, no fim de agosto, viu o próprio Brennan no bar do Cato's. Estava com um braço numa tipóia, sabe-se lá por conta de qual acidente. Absorto na conversa com o *barman*, falava com a mesma eloqüência feroz, e, muito embora o restaurante estivesse lotado, os bancos ao lado de Brennan continuavam vazios. Estava sozinho. O cachorro não estava do lado de fora, nem no carro, já não era parte de sua vida, fora embora, perdera-se, vivia em algum outro lugar, seu nome destinado a talvez, um dia, terminar num verso ou simplesmente ser esquecido — mas não por ela.

Tão divertido

Quando saíram do restaurante, Leslie queria que fossem tomar alguma coisa em sua casa, ficava a poucas quadras dali, num prédio de apartamentos antigo com vitrais no térreo e vista para a Washington Square. Kathrin disse que tudo bem, mas Jane disse que estava cansada.

"Só um drinque", Leslie disse. "Vamos lá."

"Ainda está cedo para ir para casa", Jane acrescentou.

No restaurante, falaram de filmes, dos que tinham ou não tinham visto. Haviam falado de filmes e de Rudy, o maître.

"Ele sempre me arranja uma mesa boa", disse Leslie.

"Verdade?"

"Sempre."

"E o que ele leva em troca?"

"O que ele acha que vai levar", Leslie respondeu.

"Ele está olhando direto para a Jane."

"Não, não está, não", protestou Jane.

"Já tirou metade da sua roupa."

"Pare, por favor", Jane disse.

Leslie e Kathrin tinham dividido o alojamento na faculdade e eram amigas desde então. Tinham viajado de mochila pela Europa, chegaram até a Turquia, dormindo na mesma cama muitas noites e, salvo uma vez, sem se meter com homens ou, no caso, rapazes. Kathrin tinha cabelos compridos, penteados para trás, exibindo belas sobrancelhas e um sorriso esplendoroso. Podia facilmente ter virado modelo. Não tinha muito mais que a aparência, mas nunca precisara de mais. Leslie se formara em música, mas não fizera nada com o diploma. Tinha um jeito especial de falar ao telefone, como se conhecesse o outro havia anos.

No elevador, Kathrin disse:

"Meu Deus, que homem bonito."

"Quem?"

"O porteiro. Qual é o nome dele?"

"Santos. É de algum lugar na Colômbia."

"O que eu quero saber é a que horas ele sai."

"Meu Deus."

"É o que sempre perguntavam, quando eu trabalhava no bar."

"Chegamos."

"Não, é sério. Você nunca pediu para ele trocar uma lâmpada ou alguma coisa assim?"

Leslie procurava a chave da porta.

"Não, eu chamo o meu super-homem", Leslie disse. "Uma outra história."

Quando entraram, ela disse:

"Acho que só sobrou uísque. Tudo bem, não é? O Bunning bebeu tudo que eu tinha."

Foi até a cozinha para pegar copos e gelo. Kathrin sentou-se no sofá com Jane.

"Você ainda está saindo com o Andrew?"

"De vez em quando", Jane respondeu.

"De vez em quando, é disso que eu preciso. De vez em quando é bem melhor."

Leslie voltou com os copos e o gelo. Começou a preparar os drinques.

"Bem, saúde para vocês", ela disse. "Saúde para mim. Vai ser duro sair daqui."

"Não vai ficar com o apartamento?", Kathrin perguntou.

"Por dois mil e seiscentos por mês? Não tenho como pagar."

"Mas você não vai ficar com nada do Bunning?"

"Não quero pedir nada. Alguns móveis, isso sim, e talvez alguma coisa para eu me segurar nos primeiros três ou quatro meses. Posso ficar com a minha mãe, se for o caso. Só espero não precisar. Ou então eu posso ficar com você, que tal?", ela perguntou a Kathrin.

Kathrin tinha um canto num prédio sem elevadores da Lexington, um cômodo pintado de preto, com uma parede coberta de espelhos.

"Claro. Até uma matar a outra", Kathrin disse.

"Se eu tivesse namorado, não haveria problema", Leslie disse, "mas eu estava ocupada demais tomando conta do Bunning para ainda arranjar um namorado. Você tem sorte", ela disse a Jane, "você tem o Andy."

"Não é bem assim."

"O que foi?"

"Nada de mais. Mas ele não era um cara sério."

"Não levava você a sério?"

"Isso também."

"Então, o que aconteceu?", Leslie perguntou.

"Não sei bem. Eu só não curtia as coisas que ele curtia."

"Por exemplo..."

"Tudo."

"Dê um exemplo."

"O de sempre."

"O quê?"

"Sexo anal", Jane disse. Ela inventou na hora, sem pensar. Queria sair daquela situação de qualquer jeito.

"Ah, meu Deus", Kathrin disse, "parece o meu ex."

"Malcolm", disse Leslie, "o que é feito dele? Vocês ainda se vêem?"

"Ele está na Europa. Não, nunca mais soube dele."

Malcolm escrevia para uma revista de negócios. Era baixo, mas se vestia com esmero — calças bonitas, de risca-de-giz, e sapatos engraxados.

"Não sei como fui me casar com ele", Kathrin disse. "Não fui muito previdente."

"Ah, eu sei muito bem como foi", Leslie disse. "Na verdade, eu *vi* acontecer. Ele é muito sexy."

"Em parte, foi por causa da irmã dele. Ela era ótima. Ficamos amigas desde o primeiro minuto. Meu Deus, isto aqui é forte", Kathrin disse.

"Quer um pouco mais de água?"

"Quero. Ela me fez comer ostra pela primeira vez. Eu disse, você quer que eu *coma* isto? Ela disse, vou mostrar, jogue a cabeça para trás e engula. Foi no bar da Grand Central. Depois que provei, não queria mais parar. Ela era tão aberta. Ela me perguntou, você e o Malcolm estão indo para a cama? Tínhamos acabado de nos conhecer. Ela queria saber como era, se ele era tão bom quanto parecia."

Kathrin bebera bastante vinho no restaurante, e antes disso um aperitivo. Os lábios brilhavam.

"Como ela se chamava?"

"Enid."

"Belo nome."

"Bem, continuando, nós saímos juntos, isso foi antes do

nosso casamento. Tínhamos um quarto sem nada, só a janela e a cama. Foi aí que ele me iniciou na coisa."

"Que coisa?", Leslie perguntou.

"Por trás."

"E?"

"Eu gostei."

Jane foi tomada de admiração por Kathrin, admiração e constrangimento. Aquilo não era uma invenção, era de verdade. Por que é que eu jamais conseguiria admitir uma coisa dessas?, pensou.

"Mas vocês se separaram", ela disse.

"Bem, a vida tem mais coisas. Nós nos separamos porque eu me cansei dele correndo de um lado para outro. Estava sempre fazendo uma matéria aqui ou acolá, mas uma vez, em Londres, o telefone tocou às duas da manhã, e ele foi falar no outro quarto. Foi aí que eu descobri. E é claro que aquela era só uma entre outras."

"Não está bebendo?", Leslie perguntou a Jane.

"Estou, sim."

"Bem, o fato é que nos separamos", Kathrin continuou. "Agora vamos ser duas", disse a Leslie. "Bem-vinda ao clube."

"Você vai se separar mesmo?", Jane perguntou.

"Vai ser um alívio."

"Quanto tempo foi? Seis anos?"

"Sete."

"É um bom tempo."

"É um tempão."

"Como vocês se conheceram?", Jane perguntou.

"Como a gente se conheceu? Por azar", Leslie respondeu, pondo mais uísque no copo. "Na verdade, a gente se conheceu quando ele caiu de um barco. Eu saía com um primo dele nessa época. Estávamos velejando, o Bunning dizia que tinha caído para conseguir chamar a minha atenção."

95

"Essa é boa."

"Depois ele mudou a história, dizia que tinha caído e que em *algum lugar* ele tinha de cair."

O primeiro nome de Bunning era Arthur, Arthur Bunning Hasset, mas ele odiava o "Arthur". Todo mundo gostava dele. A família era dona de uma fábrica de botões e de um casarão em Bedford, chamada Ha Ha, onde ele fora criado. Em teoria, escrevia peças de teatro, uma das quais quase fora um sucesso e tivera uma temporada fora da Broadway, mas depois as coisas ficaram mais difíceis. Tinha uma secretária — uma assistente — chamada Robin, que o achava incrível e imprevisível, para não dizer hilariante, e a própria Leslie sempre se divertira com ele, pelo menos por alguns anos, até que a bebida entrou na história.

Tinham terminado uma ou duas semanas antes. Haviam sido convidados para uma estréia por um advogado do meio teatral e sua esposa. Mas primeiro foram jantar, e, no restaurante, Bunning, que já começara a beber no apartamento, pediu um martíni.

"Querido, não", disse Leslie.

Ele a ignorou, e ainda foi engraçado por algum tempo, mas depois ficou em silêncio, bebendo, enquanto Leslie e o casal tocavam a conversa. De repente, Bunning disse, em bom som:

"Quem são esses dois?"

Todos se calaram.

"É sério, quem são esses dois?", Bunning perguntou novamente.

O advogado deu um pigarro.

"Somos convidados deles", Leslie respondeu com frieza.

Os pensamentos de Bunning passaram a uma outra coisa qualquer, e pouco depois ele se levantou para ir ao banheiro. Passou meia hora. Finalmente Leslie o viu no bar. Estava bebendo outro martíni. O rosto tinha uma expressão vaga e infantil.

"Onde você estava?", ele perguntou. "Procurei você em todo canto."

Ela ficou furiosa.

"Para mim, basta", ela disse.

"Não, é verdade, onde você estava?", ele insistiu.

Ela começou a chorar.

"Eu vou para casa", ele se decidiu.

Mesmo assim, ela lembrava das manhãs de verão na Nova Inglaterra, logo que se casaram. Lá fora, os esquilos desciam correndo de uma árvore alta, de cabeça para baixo, passando para o outro lado do tronco, com seus rabos maravilhosamente peludos. Lembrava dos passeios de carro a teatros ao ar livre, as pontes de ferro, as vacas deitadas na entrada de um celeiro, os campos de milho ceifados, a aparência tranqüila de rios sem nome, o campo calmo e bonito — quanta felicidade.

"Sabem como é", Leslie continuou, "a Marge é doida por ele. Marge é a mãe. Eu devia ter sacado."

Foi pegar mais gelo e, no corredor, ela se viu de relance num espelho.

"Vocês já disseram alguma vez, daqui eu não passo?", ela perguntou, ao voltar.

"Como assim?", Kathrin quis saber.

Leslie sentou-se ao lado dela. Eram mesmo unha e carne, pensou. Uma tinha sido madrinha de casamento da outra. Eram muito íntimas mesmo.

"Quer dizer, vocês já se olharam num espelho e disseram, basta... daqui eu não passo?"

"Como assim?"

"Com um homem."

"Você está amarga assim por causa do Bunning."

"Quem precisa de homem?"

"Que história é essa?"

"Quer saber de uma coisa que eu descobri?"

"O quê?"

"Não sei...", Leslie disse, desamparada.

"O que você ia dizer?"

"Ah. A minha teoria... A minha teoria é a seguinte: se você não faz o que eles querem, eles lembram mais de você."

"Pode ser", disse Kathrin, "mas se não é para fazer nada..."

"É só a minha teoria. Eles gostam de dividir e conquistar."

"Dividir?"

"Alguma coisa assim."

Jane bebera menos. Não se sentia bem. Passara a tarde esperando para falar com o médico e emergindo na rua fantasmagórica.

Estava andando a esmo pela sala e pegou uma fotografia de Leslie e Bunning tirada na época do casamento.

"E agora, o que o Bunnnig vai fazer da vida?", ela perguntou.

"Quem sabe?", Leslie respondeu. "Vai continuar do mesmo jeito. Alguma mulher vai achar que pode dar jeito nele. Vamos dançar. Estou com vontade de dançar."

Foi até o aparelho de som e começou a remexer nos CDs até que encontrou um de que gostava e o pôs para tocar. Primeiro, uma pausa; depois, um guincho irregular e estridente, alto demais. Eram gaitas-de-fole.

"Ai, meu Deus", ela exclamou, desligando, "estava na capa errada... isso é coisa dele."

Encontrou um outro, e uma batida surda e insistente começou a soar, vagarosa, enchendo a sala. Leslie começou a dançar. Kathrin também. Então um cantor ou vários cantores entraram na música, repetindo as mesmas palavras uma e outra vez. Kathrin parou para pegar um drinque.

"Não, não", Leslie disse. "Não beba demais."

"Por quê?"

"Você não vai dar conta depois."

"Dar conta do quê?"

Leslie virou-se para Jane e a chamou com um gesto.

"Vamos lá."

"Não, não estou com muita..."

"Vamos lá."

As três dançavam ao som do canto hipnótico e ritmado, que não tinha fim. Finalmente Jane se sentou, o rosto suado, e observou. Nas festas, as mulheres volta e meia dançam juntas ou até sozinhas. Será que o Bunning dançava?, ela se perguntou. Não, não fazia o tipo dele, mas também não era de ficar constrangido por conta disso. Bebia demais para dançar, mas afinal por que ele bebia? Não parecia dar atenção para nada, mas provavelmente dava, sim, lá no fundo.

Leslie sentou-se ao lado dela.

"Odeio pensar em me mudar", ela disse, deixando a cabeça cair para trás. "Vou ter que procurar outro lugar. Essa é a pior parte."

Levantou a cabeça.

"Daqui a dois anos, o Bunning não vai nem se lembrar de mim. Talvez diga 'minha ex-mulher' de vez em quando. Eu queria ter um filho. Ele não gostava da idéia. Eu dizia, estou ovulando, e ele dizia, ótimo. Bem, foi assim que foi. Vou ter um filho da próxima vez. Se houver uma próxima vez. Você tem seios lindos", ela disse a Jane.

Jane ficou calada. Jamais teria coragem de dizer uma coisa dessas.

"Os meus já estão caídos", Leslie disse.

"É assim mesmo", Jane respondeu tolamente.

"Acho até que teria jeito, se eu tivesse o dinheiro. Tem jeito para tudo, quando se tem dinheiro."

Não era verdade, mas Jane disse:

"Acho que sim."

Jane tinha mais de sessenta mil dólares que ela poupara ou ganhara com uma petrolífera que uma colega conhecia. Se quisesse, podia comprar um carro, pensou num Porsche Boxter. Não precisaria nem vender as ações da petrolífera, podia pedir um empréstimo e pagar em três ou quatro anos e sair para o campo nos fins de semana, para Connecticut, as cidadezinhas do litoral, Madison, Old Lyme, Niantic, parando para almoçar em algum lugar que, na imaginação dela, era pintado de branco por fora. Talvez houvesse um homem ali, sozinho ou com outros homens. Não teria que cair do barco. Não seria Bunning, é claro, mas alguém como ele, estranho, um pouco tímido, o homem que ela por alguma razão não conhecera até agora. Eles jantariam, conversariam. Iriam para Veneza, uma coisa que ela sempre quisera fazer, mas no inverno, quando ninguém mais ia. Ficariam num quarto com vista para o canal, com as camisas e sapatos dele, uma garrafa pela metade de sabe lá o quê, algum vinho italiano, e quem sabe alguns livros. A brisa marinha do Adriático entraria à noite pela janela, e ela acordaria cedo, antes que estivesse claro de verdade, para vê-lo dormir ao lado dela, dormindo e respirando tranqüilamente.

Lindos seios. Era como dizer, eu te amo. Aquilo a acalentou. Queria contar uma coisa a Leslie, mas não era a hora certa, ou talvez fosse. Não tinha contado direito nem para si mesma.

Começou uma nova música e as duas voltaram a dançar, aproximando-se de vez em quando, soltando os braços, trocando sorrisos. Kathrin parecia estar num clube noturno, glamorosa, despreocupada. Tinha paixão, ousadia. Não ouviria nada que dissessem agora. Era uma espécie de divindade barata e continuaria a ser assim por muito tempo, gastando demais por um capricho qualquer, um vestido de seda ou um par de calças pretas e justas, de boca larga, o tipo de calça que Jane usaria em Veneza. Não tivera nenhum caso na faculdade — das meninas que conhecia, era a única que não havia tido. Agora se lamentava, gostaria de ter tido. E gostaria de ter ido para o quarto que só tinha uma janela e uma cama.

"Tenho que ir", ela disse.

"O quê?", Leslie perguntou mais alto que a música.

"Tenho que ir."

"Foi tudo muito divertido", Leslie disse, vindo até Jane. Abraçaram-se no vão da porta, sem jeito. Leslie quase caindo.

"A gente se fala de manhã", ela disse.

Saindo do prédio, Jane tomou um táxi, por acaso um táxi limpo, e deu ao motorista o endereço na Cornelia Street. Começaram a rodar, escapando do trânsito. Pelo espelho retrovisor, o motorista, que era jovem, viu que Jane, uma moça bonita, mais ou menos da sua idade, estava chorando. Ao parar num sinal vermelho, ao lado de uma farmácia bem iluminada, pôde ver as lágrimas correndo pelo rosto dela.

"Me desculpe, mas está tudo bem?", ele perguntou.

Ela fez que não com a cabeça. Por pouco não respondeu.

"O que foi?", ele disse.

"Nada", ela disse, balançando a cabeça. "Estou morrendo."

"Está doente?"

"Não, não estou doente. Estou morrendo de câncer."

Foi a primeira vez que disse, ouvindo a própria voz. Havia quatro estágios, e ela estava no quarto. Estágio quatro.

"Hum", ele disse, "tem certeza?"

A cidade tinha tanta gente estranha que ele não sabia se ela estava dizendo a verdade ou apenas imaginando tudo aquilo.

"Quer ir para um hospital?", ele perguntou.

"Não", ela disse, sem conseguir parar de chorar. "Estou bem."

O rosto era atraente, mesmo marcado pelas lágrimas. Ele se

aprumou um pouco para vê-la por inteiro. Atraente também. Mas e se ela estivesse dizendo a verdade?, ele se perguntou. E se Deus, por alguma razão, tivesse decidido pôr um fim assim à vida de alguém? Não há como saber. Isso ele entendia.

Entregar

De manhã — era o aniversário da minha mulher, trinta e um anos —, dormimos até mais tarde, e eu estava perto da janela, olhando para Des, que estava de sunga, os cabelos desbotados e embaraçados, uma vara de bambu na mão. Aparava golpes e volta e meia investia com um floreio. Billy, que tinha seis anos, pulava diante dele. Eu podia ouvir os gritinhos de alegria. Anna parou a meu lado.

"O que eles estão aprontando agora?"

"Não sei direito. O Billy está agitando alguma coisa por cima da cabeça."

"Acho que é um mata-moscas", ela disse, sem pôr muita fé.

Anna estava com trinta e um, uma idade em que as mulheres já deixaram a tolice para trás mas ainda não ficaram insensíveis.

"Olhe só para ele", ela disse. "Você não adora esse menino?"

A grama tinha uma cor marrom por conta do verão, e os meninos dançavam em círculos em cima dela. Notei que Des estava descalço. Era cedo para ele estar acordado. Muitas vezes dormia quase até o meio-dia e então dava um jeito de entrar graciosamente no ritmo da casa. Era um talento dele, viver como bem queria, quase sem preocupações, viver como se fosse chegar ao que queria de um modo ou de outro, sem se incomodar com o que pudesse acontecer no meio. Isso incluía ser detido várias vezes, uma delas por andar nu pela Moore Street. Nenhum psiquiatra fazia idéia de quem ele fosse. Nenhum deles tinha lido nada, ele dizia. E alguns dos pacientes tinham.

Era um poeta, é claro. Até *parecia* um poeta, inteligente, esguio. Ganhou um prêmio de Yale quando tinha vinte e um anos e por aí foi. A imagem recorrente dele era de um sujeito usando um casaco cinza de tecido espinha-de-peixe, calças cáqui e, por alguma razão, sandálias. Não combinava, mas muita coisa em torno dele era assim. Nasceu em Galveston, fez tiro-de-guerra na faculdade e até se casou antes da formatura, muito embora nunca tenha explicado bem o que era feito dessa mulher. A vida de verdade começara depois, e ele se entregara a ela desde então, ensinando às vezes em centros comunitários, viajando para a Grécia e o Marrocos, vivendo um tempo por lá, tendo um colapso e, ao longo de tudo isso, escrevendo o poema que fizera sua fama. Li o poema em pé, um terço dele pelo menos, perplexo numa livraria no Village. Lembro da tarde, encoberta e tranqüila, lembro também de quase me abandonar, abandonar a pessoa que eu era, meu jeito costumeiro de sentir as coisas, minha percepção — não tenho outra palavra — da profundidade da vida, e lembro sobretudo da vibração dos versos que se sucediam. O poema era uma ária, irregular e infinita. Era o tom que o distinguia de tudo — parecia escrito em meio às sombras. *O delta estava ali, ali estavam os braços ardentes...* Começava assim, e logo vi que não era um poema sobre rios caudalosos, mas sobre o desejo. O poema se revelava aos poucos, como uma espécie de sonho, *as luzes tremeluziam na copa das árvores*, com nomes e termos, Nápoles, galhos rotos, Luxor e os reis, Tessalônica, as ondas quebrando nas pedras. Havia repetições, até mesmo refrões. Versos que pareciam desconectados aos poucos se incorporavam a uma confissão que tinha, em seu centro, quartos sob o calor escaldante de agosto em que acontecera alguma coisa, claramente sexual — mas que tinha também ruas desertas no interior do Texas, estradas, amigos esquecidos, mãos batendo na bandoleira de fuzis e flâmulas duplas que pendiam sem vento no meio de um desfile. Havia camisinhas, carros de pintura esmaecida, cardápios sujos com erros de ortografia, uma espécie de pira em que ele jogara toda sua vida. Por isso ele parecia tão puro — tinha dado tudo que possuía. Todo mundo mente sobre a própria vida, mas ele não mentira sobre a dele. Convertera-a num nobre lamento, atravessado por aquilo que sempre tivemos, sempre teremos, mas jamais podemos ter. *Ali estava Erecteu, os membros e a armadura polida... vem ter comigo, Hélade, meu anseio é por ti.*

Eu o conheci numa festa e só consegui dizer "Eu li o seu poema, é lindo". Ele foi inesperadamente aberto de um jeito que me impressionou e franco de um jeito que não se desviava. Na conversa, mencionou o título de um ou dois livros e se referiu a coisas que ele supunha que eu, é claro, devia conhecer, foi divertido e tudo, mas foi algo mais; sua linguagem me convidava a ser feliz, a falar como os deuses e eu uso o plural porque é difícil imaginá-lo obedecendo a um único deus — queriam que falássemos. Acabávamos sempre falando de coisas que, afinal e curiosamente, os dois conhecíamos, se bem que ele sempre soubesse mais. Lafcadio Hearn, sim, claro que ele sabia quem era, sabia até o nome da viúva japonesa com quem ele se casara e a cidade em que vivera, por mais que não conhecesse o Japão. Arletty, Nestor Almendros, Jacques Brel, The Lawrenceville Stories, o *cordon sanitaire*, tudo, inclusive o que o interessava de verdade, o jazz, que não me dizia grande coisa. The Answer Man, Billy Cannon, o Helesponto, o livro de Stendhal sobre o amor, parecia que tínhamos feito os mesmos cursos e ido às mesmas cidades. E havia Billy, batendo nas pernas dele.

Billy o adorava, parecia um colega de escola. Des tinha um riso contagiante e estava sempre pronto para brincar. Quando ficava conosco, construía barcos com as almofadas do sofá e espadas e escudos com o que encontrasse na garagem. Quando teve um carro, com um motor que falhava de tanto em tanto, dizia que bastava ligar e desligar o rádio algumas vezes para consertar tudo, coisa de uns circuitos mal acabados ou coisa assim. Billy encarregava-se do rádio.

"Ai, ai, de novo", Des dizia. "Rádio!"

E Billy, exultante, ligava e desligava, ligava e desligava o rádio. Como é que aquilo funcionava? Era o poder de um poeta, ou quem sabe algum truque.

No aniversário da Anna, por volta do meio-dia, vieram entregar um lindo arranjo de flores, lírios e rosas-chá. Era um presente dele. Naquela noite, fomos jantar com alguns amigos no Red Bar, sempre barulhento, mas com uma mesa numa saleta atrás do bar. Eu não tinha encomendado um bolo de aniversário porque havia um bolo ao rum, o favorito dela, esperando em casa. Billy sentou-se no colo dela enquanto ela encaixava os anéis, um depois do outro, um em cada vela, um para cada desejo.

"Vai me ajudar a apagar?", ela perguntou ao Billy, o rosto perto do cabelo dele.

"Mas são muitas", ele respondeu.

"Meu Deus, você sabe como magoar uma mulher."

"Vá em frente", Des disse a ele. "Se faltar fôlego, eu procuro mais e trago para você."

"E como é que você vai fazer isso?"

"Nunca ouviu alguém dizer que perdeu o fôlego?"

"Estão queimando", Anna disse. "Vamos lá, um, dois, três!"

Sopraram os dois juntos. Billy quis saber quais eram os desejos, mas ela não contou.

Comemos o bolo, só nós quatro, e dei um presente que eu sabia que ela iria adorar. Era um relógio de pulso, bem fino e quadrado, com algarismos romanos e uma pedrinha azul, acho que era turmalina, cravada no ponteiro. Poucas coisas são mais bonitas que um relógio novo ainda dentro da caixa.

"Ah, Jack!", ela disse. "É lindo!"

Mostrou-o ao Billy e depois ao Des.

"Onde você encontrou?" Então, olhando melhor, ela disse: "Cartier."

"Isso."

"*Adorei.*"

Beatrice Hage, uma conhecida dela, tinha um igual, herança da mãe. Era de uma elegância que desafiava os anos e as exigências da moda.

Era fácil encontrar coisas de que ela gostasse. Nosso gosto era o mesmo, fora assim desde o começo. Seria impossível viver com outra pessoa. Sempre achei que o gosto era o mais importante, por mais que as pessoas não percebessem. Talvez seja uma coisa que se transmite pelo jeito de se vestir ou, falando nisso, de se despir, mas, seja como for, ninguém nasce com gosto, é uma coisa que se aprende e, a partir de certo ponto, não tem como ser transformado. Às vezes falávamos sobre isso, sobre o que pode e o que não pode ser transformado. As pessoas viviam dizendo que tal coisa transformara sua vida, uma experiência ou um livro ou um homem, mas, para quem as conhecia antes, a transformação não tinha sido tão grande assim. Quem encontra uma pessoa muito atraente, mas não perfeita, pode até pensar que vai transformá-la depois do casamento, mas a verdade é que no melhor dos casos você vai conseguir mudar uma coisa ou outra, e mesmo isso vai terminar voltando ao que era.

Das coisas menores, das coisas que podiam ser deixadas de lado no início, mas que aos poucos se tornavam incômodas, nós sabíamos como tratar, sabíamos como tirar a pedra do sapato, por assim dizer. A isso chamávamos "entregar um ponto", e o trato é que tinha de ser de uma vez por todas. Uma expressão batida demais, um jeito de comer, até mesmo uma peça de roupa predileta — entregar um ponto era atender a um pedido e abandonar fosse o que fosse. Não valia pedir que o outro *fizesse* uma coisa, apenas pedir que deixasse de fazer alguma coisa. A borda larga da pia do banheiro era sempre enxugada desde que Anna me pedira para entregar um ponto. Anna já não esticava o dedo mínimo quando tomava café. Pode ser que houvesse mais de uma coisa para pedir, e às vezes era difícil escolher, mas havia também a satisfação de saber que, uma vez por ano, e sem margem para ressentimentos, você podia pedir que o seu marido ou a sua mulher parasse com aquela coisa.

Des ficou no andar de baixo enquanto púnhamos Billy para dormir. Eu estava no corredor quando Anna saiu do quarto levando um dedo aos lábios e apagando as luzes.

"Dormiu?"

"Dormiu."

"Então, feliz aniversário", eu disse.

"Está bem."

Ela disse aquilo de um jeito estranho. Ficou parada ali, o pescoço comprido e os cabelos loiros.

"Que foi, meu amor?"

Ela não falou nada por um instante. Então disse:

"Você precisa me entregar um ponto."

"Claro", eu disse.

Fiquei nervoso, não sei por quê.

"O que você quer?"

"Quero que você pare com o Des", ela disse.

"Parar? Parar o quê?"

Meu coração estava acelerado.

"Essa transa", ela disse.

Eu sabia que ela diria aquilo. Tinha esperança de que fosse outra coisa, e as palavras dela foram como uma cortina caindo ou um prato se estilhaçando no chão.

"Não sei do que você está falando."

A expressão do rosto era dura.

"Sabe, sim. Sabe exatamente do que eu estou falando."

"Meu amor, você está enganada. Não tenho nada com o Des. Ele é um amigo, meu amigo mais íntimo."

As lágrimas começaram a correr pelo rosto dela.

"Não chore", eu disse. "Não chore. Você está enganada."

"Tenho que chorar", ela disse, a voz trêmula. "Qualquer um choraria. Mas você precisa. Precisa parar. Nós prometemos um ao outro."

"Meu Deus, você está inventando tudo."

"Por favor", ela pediu, "não faça isso. Por favor, não."

Estava limpando o rosto, como se quisesse ficar apresentável de novo.

"Você tem que fazer o que nós prometemos", ela disse. "Você tem de me entregar o ponto."

Há coisas que não há como entregar, que simplesmente acabariam com você. Ela estava pedindo metade da minha vida, vê-lo desligar o relógio, abraçá-lo, tê-lo para mim, numa felicidade indescritível, apaixonado por mim. Nenhuma outra coisa seria como aquilo. Havia um apartamento na rua 12 que nós conseguíamos usar, com um jardim atrás, com os primeiros acordes de *Petruchka* — o disco estava lá e costumávamos tocá-lo —, acordes que, enquanto eu vivesse, me trariam de volta para ele, para o corpo maleável e o sorriso sem pressa.

"Não tenho nada com Des, juro", eu disse. "Eu juro."

"Está jurando para mim?"

"Estou."

"E quer que eu acredite?"

"Eu juro."

Ela desviou o olhar.

"Está bem", ela disse, finalmente.

Fui tomado por uma alegria enorme. Então ela disse:

"Está bem. Mas ele tem que ir embora. Para sempre. Se você quer que eu acredite, o preço é esse."

"Anna..."

"O preço é esse."

"Mas como vou dizer para ele ir embora? Com que motivo?"

"Invente alguma coisa. Não quero nem saber."

De manhã, ele acordou tarde e estava na cozinha, ainda tomado pela suavidade do sono. Anna saíra. Minhas mãos tremiam.

"Bom dia", ele disse, sorrindo.

"Bom dia."

Eu não conseguia. O máximo que consegui dizer foi:

"Des..."

"Diga."

"Não sei o que dizer."

"Sobre o quê?"

"Sobre nós dois. Acabou."

Ele pareceu não entender.

"Acabou o quê?"

"Tudo. Eu não estou me agüentando em pé."

"Ah", ele disse, tranqüilo. "Entendi. Acho que entendi. O que aconteceu?"

"É só que não dá mais para você ficar."

"Anna", ele arriscou.

"É."

"Ela sabe."

"Sabe. Não sei o que fazer."

"Você acha que eu posso falar com ela?"

"Não vai ajudar. Acredite em mim."

"Mas sempre nos demos bem. Que diferença faz? Eu queria falar com ela."

"Ela não quer", eu menti.

"Quando isso tudo aconteceu?"

"Ontem à noite. Não me pergunte como ela ficou sabendo. Não faço idéia."

Ele suspirou. Disse alguma coisa que não entendi. Só conseguia ouvir meu coração batendo. Ele foi embora mais tarde, naquele mesmo dia.

Eu me ressenti da injustiça por muito tempo. Ele só nos dera prazer — e se o dera a mim, em especial, isso não diminuía nada. Guardei algumas fotos num certo lugar, e é claro que guardei os poemas. Eu o seguia de longe, como uma mulher segue um homem com quem nunca pôde se casar. As águas azuis resplandecentes abriam-se para que ele navegasse entre as ilhas. Ali estava Ios, branca em meio à neblina, onde contam que jazem as cinzas de Homero.

Platina

O apartamento dos Brule tinha uma vista magnífica do parque, nu e vasto no inverno, um mar verde e opulento no verão. O apartamento ficava num bom prédio, estreito mas alto, e de certo modo era reconfortante pensar em quantos outros prédios assim havia, dignos e calmos, um depois do outro, todos com seus porteiros sisudos e suas entradas grandiosas. Tapetes raros, criadagem, mobília cara. Brule pagara mais de novecentos mil dólares numa época de preços em alta, mas o apartamento valia bem mais agora, na verdade nem tinha preço. Tinha pé-direito alto, boa iluminação à tarde e portas largas com maçanetas curvas de bronze. Havia poltronas fundas, flores, mesas tomadas por fotografias e muitos quadros nas paredes, incluindo gravuras de Vollard no corredor que levava aos quartos e uma tela escura, estupenda, de Camille Bombois.

Brule era um desses homens de quem mais se especula do que se sabe. Era um cinqüentão de sucesso. Defendera clientes mal-afamados e, com menos publicidade, trabalhara de graça, ao que se dizia, para quem já não tinha dinheiro nem esperança. Os detalhes eram vagos. Tinha uma voz suave, que entretanto transmitia autoridade e firmeza por baixo do sorriso calmo. Ia a pé para o trabalho, pouco mais de um quilômetro pela avenida, vestindo sobretudo e cachecol de *cashmere* no inverno, e os porteiros, que murmuravam um bom-dia, recebiam quinhentos dólares por cabeça no Natal. Era uma figura de decência e honra e, à maneira dos velhos descritos por Cícero, que plantavam pomares cujos frutos não viveriam para ver, mas o faziam assim mesmo por um senso de responsabilidade e respeito aos deuses, Brule nutria o desejo de legar a seus descendentes o melhor do que aprendera.

A esposa francesa, Pascale, era calorosa e compreensiva. Era sua segunda mulher, e também ela fora casada antes, com um famoso joalheiro parisiense. Não tinha filhos e seu único defeito, aos olhos de Brule, consistia em não gostar da cozinha. Dizia que não conseguia cozinhar e falar ao mesmo tempo. Não era bonita, mas tinha feições inteligentes, ligeiramente asiáticas. Sua generosidade e boa índole eram inatas.

"Escutem", ela dissera às filhas de Brule quando os dois se casaram, "não sou a mãe de vocês nem nunca vou ser, mas espero que sejamos amigas. Se formos amigas, ótimo, se não formos, podem contar comigo para qualquer coisa, do mesmo jeito."

Na época, as filhas ainda eram pequenas. Acabou que todas adoraram Pascale. As três vinham com maridos e filhos para todos os feriados e muitas vezes também para jantar, se bem que não todas de uma vez, é claro. Eram uma família próxima, dedicada, e um motivo de grande orgulho para Brule, ainda mais em vista do fracasso do primeiro casamento.

Entrava-se para a família não apenas como quem calha de casar com uma das filhas, mas por inteiro. Passava-se a ser um deles, um por todos e todos por um. A filha mais velha, Grace, dissera ao marido:

"É melhor você ir se acostumando ao plural das coisas."

Brian Woodra casara-se com Sally, a caçula, num glorioso dia de verão, num gramado coberto de incontáveis cadeiras brancas, as mulheres metidas em vestidos justos. Sally usava um vestido de seda branca e encorpada, sem mangas, com alças largas por cima dos ombros, os cabelos negros brilhando sobre as costas esguias. Nas orelhas, usava brincos compridos, prateados, e seu rosto estava tomado pela alegria e pela preocupação passageira com o andar das coisas, um rosto encantador, com um toque mínimo de mesquinhez e no qual logo se via quanto custara sua educação. Uma garota de Nova York, esperta e segura de si. Estudara em Skidmore, onde dividia o quarto com duas ninfomaníacas, conforme costumava dizer quando queria chocar.

O noivo, que não era mais alto que ela, tinha pernas levemente arqueadas, queixo largo e sorriso cativante. Era espirituoso e popular. Os amigos de faculdade e até de colégio vieram ao casamento e se levantaram para contar as boas memórias que guardavam e fazer as piores previsões. Na hora dos votos, ele se viu tomado pela pureza e beleza de sua futura esposa, como se só agora esta se revelasse por inteiro.

O grande pavilhão em que o jantar foi servido tinha mesas compridas com grandes arranjos de flores. Conforme a noite caía, o pavilhão pareceu florescer com a luz que vinha de dentro, como uma imensa nau etérea, destinada a viajar pelos mares ou pelos ares, não havia como saber. Brule disse ao novo genro que ele, Brian, conheceria agora a maior felicidade que se pode alcançar na Terra, referindo-se ao matrimônio, é claro.

Como presente de casamento, ganharam um cruzeiro que seguia a rota de Ulisses pelo litoral da Anatólia, e em pouco mais de um ano nasceu o primeiro filho, uma garotinha a que chamaram Lily, carinhosa e de boa índole. Sally foi uma mãe que, mesmo completamente dedicada à criança, ainda encontrava tempo para todo o resto, para receber, ir ao cinema, jantar com o marido, causas sociais, amigos. O apartamento era um tanto escuro, mas ela não contava morar ali para sempre. Grace vivia a dez quarteirões apenas, com o marido e os dois filhos, e Eva, a irmã do meio, casara-se com um escultor e morava no centro.

Lily era um encanto. Sempre gostou de ficar na cama com a mãe e o pai, especialmente com o pai, e quando fez três anos sussurrou para ele, em tom de adoração:

"Eu quero ser sua."

Dois anos depois, como prêmio, como consolo pela atenção dada ao novo irmãozinho, Brian a levou para Paris por cinco dias, só eles dois. Em retrospectiva, era o momento de sua infância que ela guardava com mais carinho. Comportou-se como uma mulher, uma companheira. Era impossível ser mais adorável. Tomavam o café-da-manhã no quarto e escreviam cartões-postais juntos, pegaram o barco em forma de flecha que sobe e desce o Sena por baixo das pontes, foram ao mercado de aves e aos museus, a Versalhes e, uma tarde, à roda-gigante perto da Concorde, subiram a uma altura alarmante, muito acima da cidade; até Brian se assustou.

"Está gostando?", ele perguntou.

"Estou tentando", ela disse.

Não há criatura mais corajosa que você, ele pensou.

No fim do dia — a luz ia se apagando —, sentiu-se exausto. No hotel, perto da recepção, um casal canadense esperava um táxi. Lily observava as flechas do elevador, parado no quinto andar havia bom tempo.

"Está quebrado, papai?"

"Deve ser só alguém sem pressa."

Podia ouvir a conversa do casal. A mulher, loira e de sobrancelhas feitas, vestia um casaco prateado, brilhante. Estavam saindo para a noite, para a seqüência de luzes, bulevares, restaurantes transbordando de falatório. Teve apenas um relance dos dois partindo, a luz nos cabelos dela, a porta do táxi aberta para ela, e por um instante esqueceu que tinha tudo.

"Chegou, papai", ouviu a filha chamar, "chegou."

No final de abril, chegou a hora do aniversário de cinqüenta e oito anos de Michael Brule. Como presentes, pediu apenas coisas de beber e comer, mas Del, o marido de Eva, entalhara para ele um belo pássaro marinho em madeira natural, com patas finas como caniços. Brule ficou profundamente tocado.

Brian estava na cozinha. A casa estava uma barulheira. As crianças se ocupavam com algum tipo de jogo, para grande incômodo da cadela, uma velha *terrier* escocesa.

"Não mexe com ela! Não mexe com ela!", as crianças gritavam.

Brian preparava um risoto, acrescentando caldo quente aos pouquinhos e mexendo devagar, para fascínio de uma das moças contratadas para servir à mesa.

"Está quase pronto", ele gritou. De onde estava, ouvia as vozes da família, a cadela latindo, as risadas.

A moça, de camisa branca e calças de veludo, observava absorta. Ele estendeu a colher de pau com uma prova para ela.

"Quer provar?", ele perguntou.

"Ah, quero, querido", ela respondeu.

Psiu, ele fez, com ar de brincadeira. Sem olhar para ele, a moça pegou a porção de arroz com os dois lábios. Chamava-se Pamela. Não era garçonete de verdade; trabalhava na ONU. Ela e a outra moça eram contratadas por hora.

As pernas, Brian logo notou quando ela chegou ao bar do hotel das Nações Unidas e se sentou ao lado dele com um sorriso, completamente à vontade. Brian estava inquieto, mas o nervosismo passou na hora. Desde o primeiro instante sentiu uma cumplicidade natural, excitante. Seu coração se encheu de vibração, como uma vela enfunada.

"Muito bem, Pamela..."

"Pam."

"Posso oferecer um drinque?"

"Isso que você está bebendo é vinho branco?"

"Isso mesmo."

"Ótimo. Vinho branco."

Tinha vinte e dois anos, era da Pensilvânia, mas possuía um refinamento qualquer, raro e natural.

"Eu preciso dizer que você...", ele começou e logo recuou, num ímpeto de prudência.

"O quê?"

"... é muito bonita."

"Ah, não sei, não."

"Sem sombra de dúvida. Só fico me perguntando", ele disse, "quanto será que você pesa?"

"Cinqüenta e dois."

"Acertei."

"Sério?"

"Não, mas eu diria que sim de qualquer jeito."

Ela dissera no trabalho que tinha uma consulta médica e ia demorar para voltar do almoço. Contou isso para ele. Quando ela entrou no elevador, Brian não pôde deixar de notar o belo quadril. Então, inacreditavelmente, estavam os dois no quarto. O coração dele estava fora de controle, e tudo no quarto fora preparado para os dois, a decoração lustrosa, as poltronas, as toalhas fofas e limpas no banheiro. Tinham matado quatro pessoas no Brooklyn na noite anterior. Os corretores estavam se esgoelando em Wall Street. Na rua 14, homens passavam o dia em pé, no frio, junto a banquinhas de relógios ou meias. O louco da rua 57 cantava árias a plenos pulmões, prédios vinham abaixo, novas torres se erguiam. Ela se levantou para fechar as cortinas e por um momento se deteve no espaço entre elas, no meio da luz, olhando para a rua. Aquele esplendor, aquela novidade! Ele jamais conhecera nada igual.

Ela morava num apartamento emprestado de alguém em missão no exterior. Mesmo assim, era quase vazio. Ele sempre queria lhe dar alguma coisa quando se encontravam, um presente, alguma coisa inesperada, uma poltrona de couro e aço cromado que lhe mostrara na vitrine antes de comprar e mandar entregar, um anel, uma caixa de roseira, mas tinha o cuidado de não guardar nada que viesse dela — bilhete, e-mail, fotografia — e que pudesse traí-lo. Havia uma única exceção, uma foto tirada por cima do ombro dela, semi-ereta na cama, os seios, a barriga lisa, as coxas, não havia como saber de quem eram. Guardava-a no trabalho, entre as páginas de um livro. Gostava de abri-lo e de lembrar.

Naqueles dias de desejo tão profundo que o deixava de pernas bambas, não perdeu a naturalidade em casa — pelo contrário, era ainda mais amoroso e dedicado, embora fosse impossível, em especial, amar Lily mais do que já amava. Chegava em casa cheio de uma felicidade proibida, proibida mas sem igual, e abraçava a esposa e brincava ou lia com as crianças. O proibido estimula o apetite por todo o resto. Ia de uma para a outra de coração purificado. Na Park Avenue, parava na ilha do meio, esperando a hora de atravessar. Os semáforos estavam vermelhos até onde a vista alcançava. Os prédios mais distantes ganhavam proporções majestosas sob a névoa endinheirada. A seu lado, gente de sobretudo e chapéu, com pacotes e pastas, ninguém tão afortunado quanto ele. A cidade era um paraíso que gloriosamente abrigava aquela sua vida singular.

"Eu sou a sua amante?", ela perguntou um dia.

"Amante? Não", aquilo lhe pareceu antigo, fora de moda mesmo. Não conhecia palavra que a descrevesse melhor que queda ou destino.

"Como é a sua mulher?", ela continuou.

"Minha mulher?"

"Prefere não falar dela?"

"Não, você gostaria dela."

"Era o que eu precisava."

"Mas ela não tem as mesmas idéias que você sobre como se deve viver."

"Eu não sei como se deve viver."

"Sabe, sim."

"Acho que não."

"Você tem uma coisa que pouca gente tem."

"O quê?"

"Ousadia de verdade."

Quando chegou em casa, nessa noite, sua esposa disse:

"Brian, eu quero falar com você sobre uma coisa, quero perguntar uma coisa."

Sentiu o coração bater mais rápido. As crianças vinham correndo em sua direção.

"Papai!"

"O papai e eu temos que conversar um minutinho", Sally disse aos dois.

Levou-o à sala de estar.

"O que foi?", ele perguntou, com toda a calma que conseguiu.

Grace e Harry queriam sair da cidade com as crianças e dividir com eles o chalé justamente nas duas semanas de agosto que Lily passaria na colônia de férias, justamente quando Sally e Brian podiam arranjar quem cuidasse de Ian e passar alguns dias a sós. Agora já não seria possível.

Ela continuou falando, mas Brian mal escutava. Ainda ouvia as primeiras palavras de Sally, tão assustadoras. Ensaiara respostas a uma pergunta bem mais séria. Contaria a verdade para ela, seria capaz de contar? A verdade era essencial, e era também a mais indesejável das coisas.

"Vamos beber alguma coisa antes", ele diria. "Vamos falar quando estivermos mais calmos."

"Não vou ficar mais calma."

Ele tinha que adiar a conversa até que ela voltasse a ser quem ela era, inteligente e compreensiva. Diria alguma coisa sobre ponto de vista.

"Diga logo."

"Não sei como dizer."

"Pois tente", ela disse.

"Você sabe muito bem que essas coisas acontecem. Você é uma mulher inteligente. Sabe alguma coisa do mundo."

"Sei, sim. Pode dizer."

Os lábios estavam crispados, um canto da boca tremia.

"Eu conheci uma pessoa, mas não foi uma coisa importante. Não dá para ver que não foi importante?"

"Vá embora daqui", ela disse, "e não volte. Nem tente ver as crianças, não vou deixar. Vou trocar todas as fechaduras."

"Sally, você não pode fazer uma coisa dessas. Como é que eu vou viver sem elas? Não seja tão melodramática, por favor. Nós não somos assim." As palavras começavam a se enrolar em seus lábios. "Não tem nada de insolúvel aqui. Você sabe muito bem que Pascale foi amante do seu pai, sei lá por quanto tempo."

"Eles se casaram."

"Não é essa a questão."

Estava começando a gaguejar.

"Então qual *é* a questão?"

"A questão é que há um modo superior de viver que nós deveríamos ser capazes de entender."

"E que consiste em ter outra mulher?"

"Você está exacerbando as coisas. Por favor. Nós somos inteligentes demais para ficar desempenhando papéis. Estamos acima disso. Você sabe que sim."

"Eu só sei que você é uma enganação."

"Eu não sou uma enganação."

"O papai vai acabar com você."

Ele não conseguia encontrar as palavras. Tudo o que tentava imaginar era despedaçado pela obstinação de Sally. Mas as coisas jamais chegariam a esse ponto.

Por outro lado, Pamela tinha sua própria vida; era seu único defeito. Saía à noite, ia a festas. Havia uns sujeitos muito simpáticos da representação da Tunísia.

"É mesmo?", ele dizia.

Ela contou que fora a uma festa no Four Seasons; fora para o trabalho no dia seguinte com mil dólares metidos no sapato, mas não contou essa parte. Um dos tunisinos era especialmente simpático.

"Gostam de se divertir", ela disse.

"Você está virando uma verdadeira acompanhante", Brian disse, ligeiramente ríspido. "Como é que eu vou saber que você não anda aprontando com ele?"

"Você saberia."

"Pode ser. Mas você me contaria? A verdade? Como ele se chama?"

"Tahar."

"Prefiro que não me conte."

Em junho, Sally e as crianças foram passar o verão no campo. Brian ficou quase a semana inteira sozinho na cidade.

"Como é que eu fui ter a sorte de conhecer você?"

Estavam jantando em meio à agitação dos outros clientes, intimidade em meio ao falatório. Tomara nota de quase todas as mulheres ali. Ela era de longe o troféu do lugar.

"Vamos ser amigos por muito tempo", ela prometeu.

A primeira luz, ainda suave, das manhãs de verão. Manhãs de amor, os números vermelhos piscando em silêncio no despertador, o primeiro raio de sol entre os galhos das árvores. O prodígio daquelas costas nuas. As horas mais sagradas de sua vida, ele percebeu.

Certa manhã, enquanto se vestia, ela perguntou:

"De quem são?"

Num embrulho em cima do criado-mudo havia um par de brincos reluzentes.

"São da sua esposa?"

Ela estava provando um deles, prendendo-o à orelha. Virou a cabeça de um lado para o outro, olhando-se no espelho.

"São de quê, prata?"

"São de platina. Melhor que prata."

"São da sua esposa?"

"Estavam no conserto. Tive que buscar ontem."

Era difícil não admirá-la, o pescoço nu, a postura.

"Posso usar por um dia?"

"Não dá. Ela sabe que eu fui buscar."

"É só dizer que não estavam prontos."

"Meu amor..."

"Eu devolvo. É disso que você está com medo? Só uma vez, só para usar uma coisa que é dela mas que é minha por um minuto."

"Estilo Bette Davis."

"Quem?"

"Mas tome cuidado, não vá perder", ele ainda conseguiu dizer.

Isso foi numa terça-feira. Duas noites depois, aconteceu uma coisa terrível. Foi numa recepção oferecida por um grupo dedicado aos impressionistas; Pascale pertencia ao grupo, mas estava viajando naquela noite e não poderia comparecer. Sally insistiu que Brian fosse, e no meio da gente que subia a escadaria ele viu, com uma pontada de ciúme, ainda mais dolorida por ser uma completa surpresa, Pamela. Começou a abrir caminho para ver com quem ela poderia estar.

"Ei, aonde você vai com tanta pressa?"

Era Del, seu cunhado.

"Onde você andou se escondendo?"

"Escondendo?"

Brian gostava dele, mas não agora.

"Por que não vem jantar com a gente, depois disto aqui?"

"Não posso", Brian respondeu sem pensar.

"Vamos lá, vamos para o Elio's", Del insistiu. "Olhe só essas mulheres todas. De onde vieram? Não estavam por aí quando eu era solteiro."

Brian mal o escutou. Atrás do cunhado, junto às janelas, a menos de cinco metros, podia ver Pamela falando com Michael Brule, não apenas trocando cumprimentos, mas em algum tipo de conversa. Usava um vestido azul-claro, um de que ele gostava, com um decote fundo nas costas. Os cabelos negros estavam presos, e, ele podia ver com toda clareza, ela estava usando os brincos. Eram inconfundíveis. Moveu-se um pouco para não ser observado, o coração batendo furiosamente. Por fim Brule a deixou.

"Meu amor, você deve estar louca", ele disse em voz baixa e furiosa assim que chegou até ela.

"Oi", ela disse alegremente.

Havia sempre tanta vida naquela voz.

"O que você está fazendo?", ele insistiu.

"Como assim?"

"Os brincos!"

"Estou com eles", ela disse.

"Mas você não podia estar usando. Aquele sujeito é o meu sogro. Foi ele que comprou! Foi ele que deu os brincos para Sally! Por que você foi usar logo aqui?"

Continuava falando baixo, mas as pessoas ao redor podiam ouvir a voz de angústia.

"Como é que eu ia saber?", Pamela disse.

"Meu Deus, eu não devia ter emprestado para você."

"Ah, então pode ficar com eles", ela disse, subitamente incomodada.

"Não faça isso."

Ela estava tirando os brincos. Era a primeira vez que Brian a via irritada e então se assustou, temendo cair em desgraça junto a ela.

"Não faça isso, por favor. Eu é que devia estar irritado", ele disse.

Pamela meteu os brincos na mão dele.

"E sim", ela disse, "ele notou os brincos." E então, com uma confiança que o deixou pasmo: "Não se preocupe, ele não vai dizer nada."

"Como assim? Como é que você tem tanta certeza?", aquela resposta o atingia como uma doença.

"Não se preocupe, ele não vai dizer", ela disse.

Alguém lhe oferecia uma taça de vinho.

"Obrigada", ela disse com toda a calma. "Este é o Brian, um amigo meu. Brian, este é o Tahar."

Pamela não atendeu o telefone naquela noite. No dia seguinte, o sogro ligou para Brian e o chamou para almoçar, era um assunto importante.

Encontraram-se num restaurante que Brule freqüentava, com serviço formal e clientela de ares europeus. Ficava perto do escritório. Brule estava examinando o cardápio quando Brian chegou. Ergueu a vista. Seus óculos, sem aro, refletiram a luz de modo que quase não se viam seus olhos.

"Que bom que você pôde vir", ele disse, voltando ao menu.

Brian fez um esforço para ler o cardápio também. Fez uma observação casual sobre não ter conseguido cumprimentá-lo na noite anterior.

"Fiquei muito preocupado com o que fiquei sabendo ontem à noite", Brule disse, como se não o tivesse escutado.

O garçom veio recitar alguns pratos que não estavam no cardápio. Brian preparava uma resposta, mas, depois que fizeram os pedidos, foi Brule quem prosseguiu.

"Seu comportamento não é digno do marido da minha filha", ele disse.

"Não sei se você está em situação de dizer uma coisa dessas", Brian conseguiu dizer.

"Por favor, não me interrompa. Deixe-me terminar. Você terá a sua chance depois. Fiquei sabendo que você tem um caso com uma moça — conheço os detalhes, pode ter certeza —, e, se você dá algum valor à sua mulher e à sua família, eu diria que você pôs tudo isso em sério risco. Se Sally ficasse sabendo, tenho certeza de que largaria você e, dadas as circunstâncias, provavelmente ficaria com a guarda das crianças — e eu daria todo o meu apoio. Por sorte, ela não sabe, de modo que ainda há uma chance de essa história não acabar em desastre, contanto que você faça o que é preciso."

Fez uma pausa. Era como se tivessem feito uma pergunta enigmática a Brian, que devia saber a resposta. Mas seus pensamentos se dispersavam, incapturáveis.

"E o que seria preciso?", ele perguntou, já sabendo.

"Desistir dessa moça e nunca mais vê-la."

Aquela moça maravilhosa, de ombros aveludados.

"E quanto a você?", Brian disse, tentando não se alterar.

Brule o ignorou.

"De outro modo", Brule continuou, "não gosto nem de pensar, mas Sally ficará sabendo."

Por mais que Brian se esforçasse, seu queixo começou a bater. Não era apenas humilhação, era um ciúme ardente. O sogro parecia ter todos os trunfos nas mãos. Aquelas mãos bem tratadas tinham tocado nela, o corpo envelhecido impusera-se sobre o dela. Vieram trocar os pratos, mas Brian não pegou o garfo.

125

"Ela não seria a única a ficar sabendo, não é? Pascale saberia de tudo também."

"Se você está insinuando que tentaria me envolver, só digo que seria uma tolice, em vão."

"Mas você não teria como negar", Brian obstinou-se.

"Com certeza eu negaria. Todos vão pensar que você está tentando desesperadamente se livrar da culpa e denegrir os outros. Ninguém acreditaria em você, posso garantir. E, mais importante ainda, Pamela fecharia comigo."

"Que frase pomposa, que frase inacreditável. Não, ela não faria isso."

"Ela vai fazer. Já cuidei disso."

Brian não devia falar ou se encontrar com ela, nunca mais, sem explicações nem despedidas.

"Eu não acredito", Brian disse.

Não podia ficar ali. Empurrou a cadeira para trás, largou o guardanapo na mesa e, pedindo licença, foi embora. Brule continuou com o almoço. Disse ao garçom que cancelasse o outro pedido.

Os brincos ainda estavam com ele. Brian tirou-os do bolso e tentou ligar. Não estava agora na mesa, disse a voz dela. Por favor, deixe sua mensagem. Ele desligou. Sentia uma premência terrível; cada minuto era insuportável. Pensou em ir até o trabalho dela, mas seria difícil conversar logo ali. Não estava na mesa, estava no escritório de alguém. Até isso lhe dava tristeza e ciúme. Lembrou do bar do hotel. Ela viera de saia curta, preta, de salto alto, com um colar azul e opaco sobre o pescoço branco. Com Brule, tudo tinha que ter sido sórdido, alguma insinuação em voz baixa, algum ato desajeitado num sofá. Como ela podia ter feito aquilo a não ser por sujeição? Ligou de novo e mais três ou quatro vezes ao longo da tarde, pedindo que ligasse de volta, era importante.

Às seis, foi para casa sem saber por onde. Era uma daquelas noites que parecem o começo de um grande espetáculo em que todo mundo tem um papel. As janelas se iluminavam, os restaurantes enchiam as calçadas, as crianças corriam para casa depois de brincar até tarde no parque, a promessa de realização estava em toda parte. No elevador, uma mulher bonita, que ele não reconheceu, ia subindo com um grande buquê de flores. Ela desviou o olhar.

Brian entrou no apartamento e imediatamente sentiu como estava vazio. A mobília estava em silêncio. A cozinha parecia fria, como se jamais a tivessem usado. Andou a esmo pelo apartamento e deixou-se cair numa poltrona. Eram seis e meia. Ela devia estar em casa por agora, Brian imaginou. Não estava. Preparou um drinque e sentou-se de novo, bebericando e pensando ou, antes, deixando que as mesmas idéias desconsoladas o roessem mais fundo, inalteráveis, à medida que a noite tomava a sala. Acendeu algumas luzes e ligou de novo para ela.

A angústia era insuportável. Ela se irritara, mas com certeza aquilo fora coisa de um momento. Não podia ser por causa daquilo. Brule devia tê-la acuado, de algum jeito. Ela não era mulher de se assustar facilmente. Preparou mais um drinque e continuou a ligar. Para lá das dez — Brian teve um sobressalto —, ela atendeu.

"Meu Deus", ele disse, "liguei para você o dia inteiro. Onde você estava? Estava desesperado para falar com você. Tive que almoçar com o Brule; foi uma coisa horrorosa. Não consegui ficar. Ele falou com você?"

"Falou", ela disse.

"Era o que eu temia. O que ele disse?"

"Não importa."

"Claro que importa. Ele fez ameaças. Escute, vou dar um pulo aí."

"Não, não venha."

"Então venha você."

"Não posso", ela disse.

"Claro que pode. Você pode fazer o que bem quiser. Estou péssimo. Ele não queria deixar que eu falasse com você. Escute, meu amor. Talvez demore um pouco. Vamos ter que ficar na moita. Você sabe que eu sou louco por você. Você sabe que nunca senti uma coisa assim por ninguém. Isso ele não tem como mudar, não importa o que ele diga."

"Imagino que não", ela disse.

Ele sentiu alguma coisa, uma rachadura, uma fissura. Sentia alguma coisa de iminente, imponderável.

"Você não imagina, você sabe. Me diga uma coisa, me diga a verdade. O que aconteceu entre você e ele? Só quero saber. Foi antes?"

"Não quero falar sobre isso agora", ela disse.

"Só me diga."

De repente, ocorreu-lhe uma coisa em que ainda não tinha pensado. Entendeu num relance por quê ela parecia tão hesitante.

"Me diga uma coisa", ele disse. "Ele quer continuar a ver você?"

"Não."

"Verdade? Está me contando a verdade?"

Sentado numa poltrona ao lado dela, pernas abertas como um grão-senhor, Tahar tinha um ar de paciência entediada.

"É verdade."

"Não sei qual é a solução, mas sei que tem de haver alguma", Brian assegurou.

Tahar só ouvia metade da conversa e não sabia com quem ela estava falando, mas fez um gesto sutil com o queixo, dizendo que terminasse com aquilo. Pam assentiu de leve. Tahar não bebia, mas tinha outras substâncias inebriantes a oferecer: a pele morena, os dentes brancos e um perfume estranho, que impregnava até suas roupas. Oferecia um apartamento acima do mercado árabe, com uma vista para a cidade que ela mal conseguia imaginar, noites de azul intenso, manhãs muito longe do mundo costumeiro. Brian era alguém que ela recordaria mais tarde, para quem talvez até pudesse ligar.

Tahar fez mais um gesto de leve irritação. Para ele, aquilo era apenas o início.

Palm Court

Num fim de tarde, quase na hora de fechar, Kenny, o assistente, palma da mão cobrindo o fone, disse que era uma tal de Noreen.

"Diz ela que vocês se conhecem."

"Noreen? Eu atendo", disse Arthur. "Só um minuto."

Levantou-se e fechou a porta do cubículo. Ainda dava para vê-lo através do vidro, sentando e virando para a janela, distanciando-se de tudo que estava acontecendo, da dúzia de atendentes, alguns deles mulheres — coisa que antes teria sido impensável —, que olhavam para as telas e falavam ao telefone. Seu coração batia mais rápido quando atendeu.

"Alô?"

"Arthur?"

Bastou uma palavra e uma espécie de arrepio o atravessou, uma felicidade assustada, como quando o professor chama alguém pelo nome.

"É a Noreen", ela disse.

"Noreen. Tudo bem com você? Meu Deus, há quanto tempo. Onde você está agora?"

"Estou aqui. Estou morando aqui de novo", ela disse.

"Está brincando? O que aconteceu?"

"Nós terminamos."

"Que pena", ele disse. "Sinto muito."

"Foi um erro", ela respondeu. "Cometi um erro. Eu devia ter adivinhado."

O chão ao redor da mesa estava coberto de papéis, relatórios, balanços anuais com seus muitos números. Não era o forte dele. Gostava de falar com as pessoas, era capaz de conversar e contar histórias o dia inteiro. E tinha fama de honesto. Seus modelos eram gente da velha guarda, mortos há muito tempo, como Henry Braver, pai de Patsy Millinger, que fora sócio e começara a trabalhar antes da guerra. Onassis fora um de seus clientes. Braver tinha reputação internacional, além de faro para o que valia a pena. Arthur não tinha o faro, mas sabia falar e escutar. Havia muitos modos de se fazer dinheiro no ramo. O dele consistia em achar um ou dois filões e apostar pesado em cima. E ligava todos os dias para os clientes.

"Mark, como anda, garoto? Devia estar aqui. Chegaram os números da Micronics. Um horror. Fizemos bem em não entrar nessa. Meu amigo, quer saber de uma boa? Tem uma turma bem esperta aqui que tomou um olé." Baixava a voz: "O Morris foi um".

"Morris? Deviam dar alguma coisa para esse cara. Pôr pra dormir."

"Dessa vez ele foi esperto demais. Não adiantou nada esse negócio de ter passado pela Depressão."

Morris tinha uma mesa perto da máquina de xerox, por deferência. Chegara a sócio, mas não encontrou o que fazer depois de se aposentar — odiava a Flórida e não jogava golfe —, e acabou voltando para a firma, para trabalhar por conta própria. A idade o separava de todos. Era uma relíquia de dentadura perfeita, vivia em algum mundo ambarino com uma esposa provecta. Todo mundo ria dele. Os anos o deixaram como que encalhado na mesa de trabalho e num apartamento na Park Avenue que ninguém conhecia.

Morris tinha perdido muito dinheiro com a Micronics. Ninguém sabia quanto. Ele guardava para si seus números trêmulos, mas Arthur ficara sabendo de tudo com Marie, a mulher sem sexo que fechava o caixa.

"Cem mil", ela disse. "Não conte para ninguém."

"Não se preocupe, meu bem", Arthur respondeu.

Arthur sabia de tudo e passava o dia no telefone. Era uma conversa única, ininterrupta: fofocas, afetos, notícias. Tinha cara de Polichinelo, nariz curvo, queixo pontudo e sorriso inocente. Era de uma felicidade cotidiana, mas do tipo que conhece seus limites. Estava na Frackman, Wells desde o tempo em que só havia sete funcionários, e agora eram quase duzentos em três andares do prédio. Ele mesmo tinha enriquecido além do que jamais imaginara, muito embora não tivesse mudado de vida e ainda morasse no mesmo apartamento do London Terrace. Já morava ali quando conheceu Noreen uma noite no Goldie's. Ela fez o que poucas garotas haviam feito, tinha rido e sentado com ele. Os dois se abriram desde o primeiro instante. Noreen. O piano tocando baixinho, as músicas antigas, o barulho.

"Eu me divorciei", ela disse. "E você, o que conta?"

"Eu? O de sempre", ele respondeu.

A rua lá embaixo estava repleta de pessoas e carros apressados. O som mal chegava até ele.

"Mesmo?", ela perguntou.

Fazia anos desde que falara com ela pela última vez. Houve uma época em que eram inseparáveis. Iam ao Goldie's toda noite, ou então ao Clarke's, onde ele também era cliente regular. Sempre conseguia uma boa mesa, bem no meio, junto à porta lateral, ou então no fundo, perto dos amigos e do menu imutável, escrito a giz com todo o esmero. Às vezes ficavam em pé, junto ao balcão comprido e cheio de marcas, com o aviso de que não se atendiam mulheres ali, em nenhum caso. O gerente, os *barmen*, os garçons, todo mundo o conhecia. Era a sua casa de verdade; a outra era só para ir dormir. Bebia pouco, ao contrário do que parecia, mas sempre pagava um drinque para os outros e ficava no bar horas a fio, volta e meia dando alguns passos até o banheiro masculino, um pavilhão à parte, espaçoso e fora de moda, onde se urinava em pedras de gelo como um grão-duque. A clientela do Clarke's era de gente da propaganda, modelos, homens como ele e policiais fora de turno. Arthur ensinou a Noreen como reconhecê-los, sapatos pretos e meias brancas. Noreen adorava o lugar. Todo mundo gostava dela, da beleza e da risada maravilhosa. Os garçons a chamavam pelo nome.

Noreen tinha cabelos loiros e escuros, embora explicasse que a mãe era grega. Havia muita gente loira no norte da Grécia, de onde vinha a família. Com o tempo, as fileiras das legiões romanas foram se enchendo de bárbaros germânicos, e, quando Roma caiu, algumas das legiões dispersas foram parar nas montanhas da Grécia; pelo menos foi assim que contaram para ela.

"Quer dizer, sou grega mas sou alemã também", ela disse a Arthur.

"Queira Deus que não", ele respondeu. "Não posso andar por aí com uma alemã."

"Como assim?"

"E se me virem?"

"Arthur", ela explicou, "é melhor você aceitar as coisas como elas são, o que eu sou e o que você é e que está bom do jeito que é."

Havia coisas que ela queria contar mas não contava, coisas que ele não queria saber, ou assim pensava ela. Sobre quando era mocinha e sobre a noite no hotel St. George, quando tinha dezenove anos e subira com um sujeito que ela achava gentil. Foram para a suíte do patrão dele. O patrão não estava, começaram a beber do uísque doze anos, e de repente ela estava jogada de cara na cama com as mãos atadas para trás. Era um mundo diferente. O mundo de Arthur era decente, compassivo e caloroso.

Saíram por três anos, os melhores. Viam-se quase toda noite. Noreen sabia tudo do trabalho dele. Arthur sabia tornar a coisa interessante, os afoitos, os sócios, Buddy Frackman, Warren Sender. E Morris; uma vez ela até vira Morris tomando o elevador.

"O senhor está ótimo", ela disse, coquete.

"Você também", ele respondeu, sorridente.

Ele não sabia quem ela era, mas poucos instantes depois se inclinou para Noreen e disse, movendo os lábios em silêncio:

"Oitenta e sete."

"Verdade?"

"Isso mesmo", ele confirmou, orgulhoso.

"Jamais imaginaria."

Ela sabia como certo dia, voltando do almoço, Arthur e Buddy tinham visto Morris caído no chão, a camisa branca toda suja de sangue. Caíra por acidente, e havia duas ou três pessoas ajudando-o a se levantar.

"Não olhe, continue andando", Arthur dissera.

"Sorte dele ter amigos assim", ela disse.

Ela trabalhava na Grey Advertising, o que facilitava os encontros. Vê-la sempre lhe causava um prazer imenso, mesmo quando tudo se tornou completamente corriqueiro. Tinha vinte e cinco anos e transbordava vitalidade. Naquele verão ele a viu em trajes de banho, num biquíni. Estava estonteante, com uma espécie de brilho na pele. Mostrava a barriga com o à-vontade de uma menina e correu rumo às ondas. Ele entrou no mar com mais cautela, como convinha a um sujeito que fora datilógrafo no Exército e caixeiro de um fabricante de roupas antes de vir para o que ele chamava Wall Street, onde sempre sonhara estar e onde trabalharia até de graça.

As ondas, o oceano, a areia branca, ofuscante. Foi em Westhampton, onde tinham ido passar o fim de semana. No trem, todos os assentos estavam ocupados. Rapazes de camiseta e tórax viril faziam graça nos corredores. Noreen sentou-se ao lado dele, a felicidade emanava dela como calor. Usava uma pequena cruz de ouro, do tamanho de uma moeda de dez centavos, que pendia de uma corrente fina, de ouro também, por cima da camisa. Ele não a notara antes. Estava para dizer alguma coisa quando o trem começou a dar solavancos e foi freando até parar.

"O que foi? O que foi isso?"

Não estavam numa estação, mas num aterro baixo, onde o mato crescia. Um pouco depois, a notícia chegou até eles, tinham atropelado um ciclista.

"Onde? Como?", exclamou Arthur. "Estamos no meio de uma floresta."

Ninguém sabia muito mais. As pessoas começaram a especular se deviam descer e procurar um táxi; onde estavam, afinal de contas? Cada um pensava uma coisa. Alguns desceram e começaram a andar rente ao trem.

"Meu Deus, eu sabia que uma coisa dessas ia acontecer", Arthur disse.

"Uma coisa dessas?", Noreen disse. "Como assim, uma coisa dessas?"

"Feito a vaca da outra vez", sugeriu um homem sentado diante deles.

"Vaca? Nós atropelamos uma vaca também?", Arthur se espantou.

"Faz umas semanas", o homem explicou.

Naquela noite, Noreen ensinou-lhe a comer uma lagosta.

"Minha mãe morreria se ficasse sabendo", Arthur disse.

"E como ela saberia?"

"Ela me deserdaria."

"Comece pelas patas", Noreen disse.

Ela prendera o guardanapo no colarinho dele. Beberam vinho italiano.

Westhampton, as pernas bronzeadas e os pés brancos de Noreen. A sensação que ela lhe dava de ser mais jovem e até, quem sabe, jovial. Ele era brincalhão. Na praia, pôs um coco na cabeça feito chapéu. Arthur se apaixonara, de vez, sem se dar conta. Não percebera que vivia uma vida vazia. Só sabia que era feliz, mais feliz do que jamais fora, na companhia dela. Aquela moça calorosa, com aquelas pernas, aquele perfume, aquelas duas orelhinhas tão sintonizadas nele. E ela também gostava de estar com ele! Eram hóspedes dos Sender, e ele dormiu num quarto à parte, no porão, e ela em cima, mas estavam sob o mesmo teto, e ele a veria pela manhã.

"Quando é que você vai pedir a mão da moça?", todo mundo perguntava.

"Ela não aceitaria", ele se enganava.

Então, como quem não diz nada, ela admitiu que se encontrava com outra pessoa. Era mais uma brincadeira, Bobby Piro. Era um sujeito troncudo, morava com a mãe, nunca se casara.

"E tem cabelos pretos e lustrosos", Arthur adivinhou, meio bonachão.

Tinha que levar a coisa com mão leve, e Noreen fez o mesmo. Zombava de Bobby quando falava dele, dos irmãos, Dennis e Paul, da vontade de ir para Las Vegas, da mãe preparando frango à Vesúvio, o favorito de Sinatra, para ela.

"Frango à Vesúvio", disse Arthur.

"Mas estava bom."

"Então você conheceu a mãe."

"Ela disse que eu estou magra demais."

"Parece a minha mãe. Tem certeza de que ela é italiana?"

Ela gostava de Bobby, dava para ver, ao menos gostava um

pouco. Mesmo assim, era difícil pensar nele como algo realmente importante. Era só um assunto de conversa. Queria passar um fim de semana fora com ela.

"Um fim de semana no Eurípides", disse Arthur, o estômago revirando-se de repente.

"Nada tão bom assim."

O hotel Eurípides que não existia, uma brincadeira que os dois sempre repetiam, porque Bobby não sabia quem era Eurípides.

"Não vá deixar que ele leve você ao Eurípides", ele disse.

"Não deixaria nunca. É um recanto grego", ela disse. "Só para gregos."

Então, em outubro, a campainha tocou tarde da noite.

"Quem é?", perguntou Arthur.

"Sou eu."

Ele abriu a porta. Ela estava parada no vão, com um sorriso que, ele logo viu, continha alguma hesitação.

"Posso entrar?"

"Claro, moça. Claro. Entre. O que foi, aconteceu alguma coisa?"

"Não, nada. Foi só que eu pensei em... dar um alô."

A sala estava em ordem, mas de algum modo parecia vazia. Nunca ficava ali, nunca lia um livro ali. Vivia no quarto, feito um caixeiro-viajante. Fazia tempo que não mandava lavar as cortinas.

"Aqui, pode sentar aqui", ele disse.

Ela se moveu com cuidado. Tinha bebido, ele logo notou. Foi se chegando até uma cadeira e se sentou.

"Quer alguma coisa? Um café? Vou passar um café."

Ela estava espiando ao redor.

"Sabe, eu nunca vim aqui. É a primeira vez."

"Não é bem uma casa. Acho que eu poderia encontrar alguma coisa melhor."

"O quarto fica ali?"

"Fica, sim", ele respondeu, mas Noreen já se voltara para outro lado.

"Só queria conversar."

"Claro. Sobre o quê?"

Ele sabia, ou temia saber.

"A gente se conhece há muito tempo. O quê, três anos?"

Ele foi ficando nervoso. O jeito como a conversa avançava a esmo. Não queria desapontá-la. Por outro lado, não sabia bem o que ela queria. Com ele? Agora?

"Você é bem esperto", ela disse.

"Eu? Ah, não mesmo, não."

"Você entende as pessoas. Será que dá para passar um café mesmo? Acho que uma xícara cairia bem."

Enquanto ele se ocupava, Noreen ficou quieta onde estava. Ele a observava de esguelha e a viu de olhos fixos na janela, que dava para as luzes dos apartamentos dos prédios vizinhos e para o céu escuro, sem estrelas.

"Pois bem", ela disse, segurando a xícara de café, "me dê um conselho. Bobby quer se casar."

Arthur ficou em silêncio.

"Ele quer se casar comigo. Eu nunca levei a sério, sempre ri dele, do jeito italiano, do sorriso escancarado, porque ele também andava com uma garota dinamarquesa. O nome dela é Ode."

"Eu suspeitava que tinha alguma coisa do tipo."

"Do que você suspeitava?"

"Ah, dava para ver que ali tinha coisa."

"Eu nunca a vi. Eu imaginava uma mulher bonita e com um sotaque daqueles. Quem não gosta de se torturar?"

"Ah, Noreen", ele disse. "Não há uma que chegue a seus pés."

"Bem, o fato é que ontem ele veio me dizer que tinha terminado com ela. Assunto encerrado. Por minha causa. Ele percebeu que me amava e que queria se casar comigo."

"Bem, quer dizer..."

Arthur não sabia o que dizer; seus pensamentos voavam em todas as direções, como papel picado na ventania. Na cerimônia, chega aquela hora terrível em que se pergunta se alguém sabe de algo que impeça que estes dois se unam em casamento. A hora tinha chegado.

"E o que você disse para ele?"

"Não disse nada."

Um abismo ia se abrindo entre eles, de algum modo, naquele exato instante, sem que os dois saíssem de onde estavam.

"E você, não acha nada?", ela perguntou.

"Acho, claro, quer dizer, tenho que pensar melhor. Me pegou de surpresa."

"Me pegou de surpresa também."

Não tinha nem tocado no café.

"Sabe, por mim, eu ficaria aqui um bom tempo", ela disse. "Nunca me senti tão à vontade. É isso que me faz pensar duas vezes. Sobre o que vou dizer para ele."

"Eu fico meio temeroso", ele disse. "Não sei dizer por quê."

"É claro", a voz dela era tão compreensiva. "É claro. Eu sei."

"Seu café vai esfriar", ele disse.

"Bem, eu só queria mesmo ver o seu apartamento", ela disse. De repente, a voz soava esquisita. Parecia não querer continuar.

Então Arthur percebeu que aquela mulher sentada ali, à noite, em seu apartamento, aquela mulher que ele sabia amar, estava lhe dando uma última chance. Sabia que devia aceitá-la.

"Ah, Noreen", ele disse.

Depois daquela noite, ela sumiu. Não foi de uma vez, mas não demorou muito. Casou-se com Bobby. A coisa era simples como a morte, mas bem mais longa. Parecia não passar. Ela persistia em seus pensamentos. Ela ainda pensava nele?, Arthur volta e meia se perguntava. Sentia-se como ele, pelo menos um pouco?

O passar dos anos não fazia diferença. Ela morava em algum canto de Nova Jersey, numa casa que ele não conseguia imaginar. Provavelmente com uma família. Ela ainda pensava nele? Ah, Noreen.

Ela não tinha mudado. Soube pela voz, que falava, como sempre, para ele apenas.

"Você deve ter filhos", ele disse, como que casualmente.

"Ele não queria ter. Foi um dos problemas. Bem, agora tudo isso é *acqua passata*, como ele dizia. Não sabia que eu tinha me divorciado?"

"Não."

"Eu falava de vez em quando com a Marie, até que ela se aposentou. Ela me contava de você. Você agora é um figurão."

"Não é bem assim."

"Eu sabia que você seria. Seria ótimo se a gente pudesse se ver. Faz quanto tempo?"

"Meu Deus, faz um tempão."

"Ainda vai a Westhampton?"

"Não, faz anos que não vou."

"E o Goldie's?"

"Fechou."

"Acho que no fundo eu já sabia. Foi um tempo ótimo."

Era a mesma coisa, o mesmo gosto de falar com ela. Ele viu o sorriso franco, cativante, o bem-estar, o jeito despreocupado de andar.

"Eu adoraria rever você."

Combinaram de se encontrar no Plaza. Ela estaria por perto no dia seguinte.

Arthur começou a subir a Quinta Avenida a pé antes das cinco da tarde. Estava inseguro, mas cheio de ternura, à mercê de um destino prodigioso. O hotel estava à sua frente, imenso e vagamente esbranquiçado. Subiu a escadaria de degraus largos. Havia uma espécie de saguão, com uma mesa comprida, flores, gente falando. Como se, à maneira de um animal, ele pudesse detectar o menor ruído, Arthur tinha a sensação de ouvir o retinir de cada xícara e colher.

Havia arranjos com flores cor-de-rosa, havia colunas altas de capitéis dourados, e, por uma vidraça no meio do Palm Court lotado, ele a viu sentada numa poltrona. Por um momento não teve certeza de que era ela. Recuou. Ela o vira?

Não conseguia entrar no restaurante. Virou-se e voltou pelo corredor, rumo ao toalete masculino. Um senhor de calças pretas e colete listrado, funcionário do hotel, veio oferecer uma toalha enquanto Arthur se olhava no espelho para ver se ele também mudara tanto assim. Viu um homem de cinqüenta e cinco anos com a mesma cara de Coney Island que ele sempre via, meio cômica, gentil. Nada de muito pior. Deu um dólar ao funcionário e entrou no Palm Court, onde, entre as mesas tagarelas, os candelabros de araque e o teto iluminado, Noreen esperava. Arthur estampava o sorriso canino de sempre.

"Arthur, meu Deus, você não mudou nada. Está com a mesma cara", ela disse com entusiasmo. "Quem dera que eu também."

Era difícil de acreditar. Estava vinte anos mais velha; tinha ganhado peso, até no rosto se via. E pensar que tinha sido uma moça tão linda.

"Você está ótima", ele disse. "Eu a reconheceria em qualquer lugar."

"As coisas andaram bem para você", ela disse.

"Bem, não posso reclamar."

"Acho que não posso reclamar também. E o que é feito de todo mundo?"

"Como assim?"

"Morris?"

"Morreu. Faz cinco ou seis anos."

"Que pena."

"Mas antes ofereceram um grande jantar para ele. Estava feliz da vida."

"Sabe, eu quis tanto falar com você. Quis ligar, mas estava no meio dessa chatice de divórcio. Bem, agora estou livre, finalmente. Eu devia ter aceitado aquele seu conselho."

"Qual conselho?"

"De não casar com ele", Noreen disse.

"Eu disse isso?"

"Não, mas dava para ver que você não gostava dele."

"Eu tinha ciúme dele."

"Mesmo?"

"Claro. Bem, é melhor admitir."

Ela sorriu para ele.

"Não é engraçado?", ela comentou. "Cinco minutos com você e é como se nada tivesse acontecido."

As roupas, ele notou, até as roupas dela pareciam ocultar quem ela tinha sido.

"O amor não morre nunca", ele disse.

"Está falando sério?"

"Você sabe muito bem."

"Escute, vamos jantar?"

"Ah, querida", ele disse. "Eu adoraria, mas não posso. Não sei se você estava sabendo, mas estou comprometido."

"Ora, meus parabéns", ela respondeu. "Não estava sabendo."

Não fazia a menor idéia da razão de ter dito aquilo. Jamais usara aquela palavra em toda sua vida.

"Que maravilha!", Noreen disse sem desviar os olhos, sorrindo com tanta compreensão que Arthur teve certeza de que ela entendera tudo; só não conseguia imaginar os dois entrando no Clarke's como um casal antigo, um casal de outros tempos.

"Achei que estava na hora de sossegar", ele disse.

"Claro."

Não estava olhando para ele agora. Examinava as próprias mãos. Então sorriu de novo. Arthur sentiu que ela o perdoava. Pronto. Noreen tinha entendido.

Continuaram conversando, mas sem falar de mais nada.

Ele foi embora pelo mesmo saguão de ladrilhos gastos e gente que vinha entrando. Ainda estava claro lá fora, a claridade pura e plena de antes do anoitecer, o sol brilhando em mil janelas voltadas para o parque. Na avenida, andando de salto alto, sozinhas ou em grupos, passavam moças parecidas com a moça que Noreen fora um dia, muitas delas. A verdade é que não sairiam para almoçar um dia desses. Arthur pensou no amor que preenchera a grande câmara central de sua vida, em como não voltaria a encontrar ninguém como ela. E, sem entender direito o que estava acontecendo, começou a chorar no meio da rua.

Bangcoc

Hollis estava mais ao fundo, sentado a uma mesa coberta de livros com um espaço no meio, onde ele escrevia quando Carol entrou.

"Oi", ela disse.

"Ora, ora, vejam só quem chegou", ele respondeu friamente. "Oi."

Ela vestia uma malha cinza de jérsei e uma saia justa; bem-vestida, como sempre.

"Não pegou a minha mensagem?", ela perguntou.

"Peguei."

"Mas não ligou de volta."

"Não."

"Mas ia ligar?"

"Claro que não", ele disse.

Parecia mais corpulento que da última vez, e o cabelo, a meio caminho do ombro, precisava de um corte.

"Passei pelo seu apartamento, mas você já tinha saído. Conversei com a Pam, é esse o nome? Pam."

"É."

"Conversamos. Quer dizer, um pouquinho. Não parecia muito interessada em conversar. Ela é tímida?"

"Não, ela não é tímida, não."

"Perguntei uma coisa para ela. Quer saber o que foi?"

"Não especialmente."

Ele se inclinou para trás. O casaco estava pendurado no espaldar, as mangas da camisa enroladas acima do pulso. Ela notou um relógio redondo com pulseira de couro marrom.

"Perguntei se você ainda gosta de ganhar uma chupada."

"Dê o fora daqui", ele ordenou. "Vamos, dê o fora."

"Ela não respondeu nada", disse Carol.

Ele teve um momento de medo, quase de culpa, pelas possíveis conseqüências. Por outro lado, não acreditava nela.

"E então, ainda gosta?"

"Vá embora, está bem? Por favor", ele disse em tom civilizado. Fez um gesto de quem afugenta alguma coisa. "É sério."

"Não vou ficar muito tempo, só uns minutinhos. Queria ver você, só isso. Por que não me ligou de volta?"

Era alta, tinha o nariz comprido e elegante como o de um puro-sangue. A aparência das pessoas não corresponde à lembrança que se guarda delas. Um dia, ela vinha saindo de um restaurante com um vestido de seda que ficava bem justo nos quadris e que o vento colou nas pernas. Aquelas tardes, ele pensou por um instante.

Ela se sentou na poltrona de couro diante dele e deu um sorriso rápido, hesitante.

"Belo lugar."

Tinha tudo para ser, dois cômodos dando para o jardim com um pedacinho de grama e os fundos de casas discretas, muito embora houvesse uma janela apenas e o assoalho de madeira estivesse gasto. Vendia livros raros e manuscritos, quase sempre cartas, e tinha um acervo grande demais para um negociante daquele porte. Depois de anos no varejo de roupas, ele descobrira sua vida de verdade. Os cômodos tinham o pé-direito alto, as estantes estavam repletas e, no chão, encostadas, havia algumas fotos emolduradas.

"Chris", ela disse, "me diga uma coisa. O que aconteceu com aquela nossa foto no almoço que a Diana Wald deu aquele dia na casa da mãe dela? No alto daquele morro artificial feito de carros velhos? Você ainda tem?"

"Deve ter se perdido."

"Eu queria muito ficar com ela. Era uma foto linda. Bons tempos", disse ela. "Você se lembra da nossa garagem de barcos?"

"Claro que sim."

"Queria saber se você lembra do mesmo jeito que eu."

"Difícil de dizer", tinha uma voz grave, persuasiva. Havia confiança naquela voz, talvez um pouco demais.

"E a mesa de sinuca, lembra? E a cama ao lado da janela?"

Ele não respondeu. Ela pegou um dos livros sobre a mesa e começou a examiná-lo: e. e. cummings, The enormous room, *sobrecapa com pequenos rasgos na parte inferior, pequena mancha no frontispício, de resto em ótimo estado. Primeira edição.* O preço estava marcado a lápis no canto superior da guarda. Ela virou as páginas à toa.

"É este que tem aquele trecho de que você gosta tanto. Como é mesmo?"

"Jean le Nègre."

"Isso mesmo."

"Não há nada igual."

"Por alguma razão me faz pensar em Alan Baron. Ainda tem contato com ele? Chegou a publicar alguma coisa? Sempre me falando de ioga tântrica, dizendo que eu tinha de experimentar. Queria me mostrar como era."

"Ah, queria?"

"Claro."

Ela folheava o livro com os polegares compridos.

"Eles sempre falam de ioga tântrica ou do tamanho do pau. Mas você, não. Falando nisso, como é a Pam? Não deu para ver direito. Ela é feliz?"

"Muito feliz."

"Que bom. E agora vocês têm uma filhinha, que idade ela tem mesmo?"

"O nome dela é Chloe. Tem seis anos."

"Ah, já é grande. Já são bem espertos nessa idade, não são? Sabem e não sabem das coisas", disse ela. Fechou o livro e o deixou na mesa. "Têm o corpo tão puro. A Chloe tem um corpo bonito?"

"Você mataria qualquer um para ter um corpo igual", ele disse com displicência.

"Um corpinho perfeito. Dá até para ver. Você dá banho nela? Aposto que dá. Você é um pai modelo, o pai que toda garotinha devia ter. Só quero saber como é que vai ser quando ela for grande. Quando os garotos começarem a dar em cima."

"Não vai haver nenhuma fila de garotos dando em cima."

"Ah, que é isso. Claro que sim. Vão chegar babando. Você sabe como é. Ela vai ter seios e aqueles pelinhos pubianos do começo, bem macios."

"Sabe, Carol, você me dá nojo."

"Você é que não gosta de pensar no assunto, só isso. Mas ela vai ser mulher, sabe, vai ser uma moça. Você lembra do que pensava das moças nessa idade. O mundo não parou na sua época. O mundo segue em frente, e ela vai ser parte dele, com corpinho perfeito e tudo. Aliás, e o da Pam, como é?"

"E o seu, como está?"

"Não dá para ver?"

"Não prestei atenção."

"Vocês ainda transam?", ela perguntou, sem fazer caso.

"De vez em quando."

"Eu não. Raramente."

"É meio difícil de acreditar."

"O problema é que nunca chega lá. Não chega a ser o que era ou o que devia ser. Quantos anos você tem agora? Parece um pouco mais gordo. Faz exercícios? Ainda faz sauna e dá uma olhada no corpo?"

"Não tenho tempo."

"Bem, quem sabe, se você *tivesse* mais tempo. Se tivesse tempo, você poderia pegar uma sauna, tomar uma chuveirada, vestir roupas limpas e ainda dar um pulo no Odeon para ver se tem alguém por lá, alguma garota. Você poderia pedir para o *barman* servir alguma coisa para ela ou então abordar você mesmo, perguntar se tem algum compromisso para o jantar, se tem algum plano. Fácil assim. Você sempre gostou de dentes bonitos. Gostava de braços finos e, bem, bons seios, não necessariamente grandes — de bom tamanho, só isso. E pernas compridas. Você ainda gosta de amarrar os pulsos delas? Você gostava, tinha tesão de saber se elas iam deixar ou não. Me diga, Chris, você me amava?"

"Amar?", ele estava reclinado na cadeira. Pela primeira vez, ela teve a impressão de que talvez ele estivesse bebendo demais nos últimos tempos. Só pelo rosto. "Eu pensava em você a cada minuto do dia", ele disse. "Adorava tudo que você fazia. Adorava que você fosse completamente nova, tudo que você dizia e fazia era uma novidade. Você era incomparável. Com você eu achava que tinha tudo na vida, tudo com que alguém pudesse sonhar. Eu adorava você."

"Como a nenhuma outra mulher?"

"Nenhuma chegava perto. Podia ter feito a festa com você a vida inteira. Você tinha nascido para mim."

"E a Pam? Não fez a festa com ela?"

"Um pouco. A Pam é diferente."

"Como assim?"

"A Pam não pega tudo isso e dá para um outro qualquer. Eu não volto de viagem antes da hora e encontro a cama desfeita onde você e um cara qualquer andaram se divertindo."

"Não foi bonito."

"Pois é."

"Não foi nada bonito."

"Então por que você foi fazer aquilo?"

"Não sei. Eu fiz a tolice de querer experimentar alguma coisa diferente. Não sabia que a verdadeira felicidade é ter a mesma coisa o tempo todo."

Olhou para as próprias mãos. Ele notou os polegares compridos, flexíveis.

"Não é assim?", ela perguntou friamente.

"Não seja desagradável. Aliás, o que você sabe sobre a verdadeira felicidade?"

"Ah, eu já tive."

"Teve?"

"Tive", ela disse. "Com você."

Ele olhou para ela. Ela não olhou de volta; também não estava sorrindo.

"Estou indo para Bangcoc", ela disse. "Quer dizer, primeiro para Hong Kong. Já ficou no hotel Peninsula?"

"Nunca fui para Hong Kong."

"Dizem que é o melhor hotel do mundo, Berlim, Paris, Tóquio."

"Bem, não sei dizer."

"Você conhece alguns hotéis. Lembra de Veneza e daquele hotelzinho perto do teatro? A água até o joelho nas ruas?"

"Carol, eu estou muito ocupado."

"Ah, deixe disso."

"Eu tenho um negócio."

"Então quanto custa este e. e. cummings?", ela perguntou. "Vou comprar, assim você pode tirar uns minutos de folga."

"Já está vendido", ele disse.

"Ainda está com o preço."

Ele deu de ombros.

"Então me responda sobre Veneza", ela disse.

"Eu me lembro do hotel. Mas vamos nos despedir agora."

"Estou indo para Bangcoc com uma amiga."

Ele sentiu um sobressalto no coração, de leve.

"Que bom", ele disse.

"Molly. Você gostaria dela."

"Molly."

"Vamos viajar juntas. Você sabia que o papai morreu?"

"Não sabia."

"Pois é, faz um ano. Morreu. Não preciso mais me preocupar. É um alívio."

"Imagino. Eu gostava do seu pai."

Ele trabalhava com petróleo, era um homem sociável, com alguns preconceitos que admitia sem cerimônia. Usava ternos caros e se divorciara duas vezes, mas conseguia evitar a solidão.

"Vamos ficar uns meses em Bangcoc e depois, quem sabe, voltar pela Europa", disse Carol. "Molly tem muito estilo. Era dançarina. O que a Pam fazia, era professora ou o quê? Bem, você gosta da Pam, ia gostar da Molly. Você não a conhece, mas gostaria dela", ela fez uma pausa. "Por que não vem com a gente?", perguntou.

Hollis deu um leve sorriso.

"Então você topa dividir a Molly?"

"Você não precisaria dividir."

Aquilo era um tormento de caso pensado, ele sabia.

"Abandonar a minha família e o meu negócio assim, sem mais nem menos?"

"Gauguin abandonou."

"Eu sou um pouquinho mais responsável. Talvez você fizesse uma coisa dessas."

"Se eu tivesse de escolher entre a vida e..."

"E o quê?"

"A vida e algum tipo de vida de mentira. Não faça de conta que não entende. Ninguém entende melhor que você."

Ele sentiu um ressaibo indesejável. Terminou a caçada, pensou. Chegou ao fim. Ouviu-a seguir adiante.

"Viajar. O Oriente. Os ares de um mundo diferente. Mergulhar, beber, ler..."

"Eu e você."

"E a Molly. De presente."

"Não sei, não. Como ela é?"

"Ela é bonita, o que você acha? Vou tirar a roupa dela para você."

"Vou lhe contar uma coisa engraçada", Hollis disse, "uma coisa que eu escutei. Dizem que tudo no universo, os planetas, as galáxias, tudo, o universo inteiro, veio originalmente de uma coisa do tamanho de um grão de arroz que explodiu e formou tudo o que existe hoje, o sol, as estrelas, os mares e tudo o mais, inclusive o que eu sentia por você. Naquele dia de manhã na Hudson Street, os dois tomando sol de pés para o alto, realizados e sabendo disso, conversando, um apaixonado pelo outro — eu sabia que tinha tudo que a vida podia oferecer."

"Sentiu isso mesmo?"

"Claro. Quem não teria sentido? Lembro de tudo, mas não sinto mais a mesma coisa. Passou."

"Que triste."

"Agora tenho mais do que aquilo. Tenho uma mulher que eu amo e uma filha."

"Que clichê, hein? Uma mulher que eu amo."

"É a pura verdade."

"E agora você tem pela frente os anos de casamento, o êxtase."

"Não é êxtase nenhum."

"Tem razão."

"Não dá para ter um êxtase por dia."

"Não, mas pelo menos alguma coisa que seja tão boa quanto", ela disse. "A expectativa de um êxtase."

"Ótimo. Vá em frente e desfrute. Você e Molly."

"Vou pensar em você, Chris, na casa que alugamos perto do rio, lá em Bangcoc."

"Ah, não se dê ao trabalho."

"Vou pensar em você, deitado na cama à noite, morto de tédio com tudo."

"Pare com isso, pelo amor de Deus. Pare. Me deixe gostar um pouco de você."

"Não quero que você goste de mim." Num meio sussurro, ela disse: "Quero que você me xingue".

"Continue assim."

"Que graça", ela disse. "A família, os livros. Muito bem, então. Perdeu a chance. Até loguinho. Vá para casa e dê um banho na sua garotinha. Aproveite enquanto pode."

Da soleira, olhou uma última vez para trás. Ele ouviu os saltos batendo no chão da sala da frente. Ouviu-os passar pelas vitrines, rumo à porta, onde pareceram hesitar, ouviu a porta se fechando.

O escritório parecia oscilar, ele não conseguia seguir os próprios pensamentos. O passado, como uma súbita maré, arremessava-se sobre ele não como fora, mas como ele não podia deixar de

152

lembrá-lo. O melhor era voltar ao trabalho. Ele conhecia o toque daquela pele, era macia. Não devia ter dado ouvidos.

Começou a escrever no teclado suave e silencioso: *Jack Kerouac, carta datilografada, assinada ("Jack"), 1 página, endereçada à namorada, a poetisa Lois Sorrells, espaço simples, assinatura a lápis, levemente marcada nas dobras.* Não era uma vida de mentira.

Arlington

Newell se casara com uma moça tcheca e os dois iam mal, andavam bebendo e brigando. Isso foi em Kaiserslautern e as famílias do prédio reclamaram. Westerveldt, que era o adido, foi mandado para ajeitar as coisas — ele e Newell tinham sido colegas de classe, ainda que Newell não fosse o tipo de colega que fica na memória. Era calado e não se misturava. Tinha aparência esquisita, a testa alta, arqueada, e olhos pálidos. Jana, a mulher, tinha lábios caídos e seios bonitos. Westerveldt não a conhecia de verdade, só de vista.

Newell estava na sala de estar quando Westerveldt chegou. Não pareceu surpreso com a visita.

"Achei que podíamos conversar um pouco", Westerveldt disse.

O outro acenou de leve.

"Sua mulher está?"

"Deve estar na cozinha."

"Não é da minha conta, mas vocês dois estão com algum problema?"

"Nada de sério", ele respondeu finalmente.

Na cozinha, a mulher tcheca tirara os sapatos e pintava as unhas dos pés. Olhou rapidamente quando Westerveldt entrou. Ele viu a boca exótica, européia.

"Será que podemos conversar um instante?"

"Sobre o quê?", ela disse. Havia comida intacta e louça suja sobre a pia.

"Não quer vir até a sala?"

Ela não disse nada.

"Não vai demorar."

Ela olhou os pés bem de perto, ignorando-o. Westerveldt fora criado com três irmãs e não se encabulava com mulheres. Tocou seu cotovelo para fazê-la andar, mas ela deu um safanão.

"Quem é você?", ela disse.

Westerveldt voltou para a sala e conversou com Newell feito um irmão. Se aquilo continuasse assim, ele poria a perder a carreira.

Newell queria fazer confidências a Westerveldt, mas continuou quieto, sem conseguir começar. Estava perdidamente apaixonado por aquela mulher. Quando se arrumava, era uma verdadeira beldade. Quem via os dois juntos no Wienerstube, os cabelos brancos dele brilhando sob a luz e ela sentada em frente, fumando, não tinha como não perguntar onde foi que ele a conheceu. Ela era insolente, mas nem sempre. Passar a mão pelo quadril nu da mulher era tudo que se podia querer na vida.

"Mas o que ela tem?", Westerveldt quis saber.

"Ela teve uma vida terrível", Newell disse. "Tudo vai dar certo."

Ele disse mais uma coisa, Westerveldt não lembrava. O que veio depois apagou o resto.

Newell estava fora, numa missão qualquer, e a mulher, que não tinha amigos, foi se entediando. Ia ao cinema e andava à toa pela cidade. Ia ao clube dos oficiais e ficava no bar, bebendo. No sábado ela estava lá, os ombros à mostra, bebendo até a hora de fechar. O oficial que cuidava do clube, capitão Dardy, percebeu e perguntou se não queria que alguém a levasse para casa. Pediu que esperasse alguns minutos enquanto ele fechava tudo.

De manhã cedo, à luz cinzenta, o carro de Dardy ainda estava estacionado diante do prédio. Jana viu e todo mundo viu. Ela se inclinou e o sacudiu e disse que tinha de ir embora.

"Que horas são?"

"Não interessa. Você tem que ir", ela disse.

Depois ela foi à polícia do Exército e disse que fora estuprada.

Em sua longa e admirável carreira, Westerveldt fora um personagem de romance. Em Pleiku, no meio do capim-elefante, ganhara uma cicatriz acima de uma das sobrancelhas, coisa de um fragmento de morteiro que, um pouco mais abaixo e mais em cheio, podia tê-lo cegado ou matado. No fim das contas, ficou mais bonito. Lotado em Nápoles, tivera um longo caso amoroso com uma mulher, uma marquesa, na verdade. Se renunciasse ao posto e se casasse, ela daria tudo que ele quisesse. Poderia até manter uma amante. Esse foi apenas um dos episódios. As mulheres sempre gostaram dele. No fim, casou-se com uma mulher de San Antonio, uma divorciada com um filho, e tiveram mais dois juntos. Tinha cinqüenta e oito anos quando morreu de um tipo de leucemia que começou com uma erupção estranha no pescoço.

A capela da funerária — a sala costumeira, com bancos e papel de parede vermelho — estava apinhada. Alguém recitava um encômio, mas no corredor comprido, com muita gente em pé, era difícil ouvir.

"Você consegue escutar?"

"Ninguém consegue", disse o homem na frente de Newell. Era Bressi, agora de cabelos brancos.

"Você vai ao cemitério?", Newell perguntou assim que o serviço terminou.

"Eu dou uma carona para você", Bressi disse a ele.

Atravessaram Alexandria, o carro cheio.

"George Washington ia àquela igreja quando era presidente", Bressi disse. Mais tarde disse: "Robert E. Lee passou a infância naquela casa ali."

Bressi e a esposa moravam em Alexandria, numa casa de madeira, branca, de varanda estreita e persianas pretas.

"Quem disse 'Cruzemos o rio e descansemos à sombra das árvores'?", ele perguntou.

Ninguém respondeu. Newell sentia o desprezo de todos. Olhavam para fora das janelas do carro.

"Ninguém sabe?", disse Bressi. "O melhor estrategista de Lee."

"Morto pelos próprios homens", Newell disse, quase inaudível.

"Por engano."

"Em Chancellorsville, no escuro."

"Não fica longe, uns cinqüenta quilômetros", disse Bressi. Fora o melhor em história militar. Espiou pelo retrovisor. "Como é que você sabe? Era bom em história militar?"

Newell não respondeu.

Ninguém falou nada.

Uma linha comprida de carros avançava devagar, entrando no cemitério. Quem já havia estacionado caminhava ao lado dos carros. Havia mais lápides do que se conseguia imaginar.

Bressi estendeu um braço e, acenando vagamente para um lado, disse alguma coisa que Newell não conseguiu ouvir. Thill está em algum lugar por ali, Bressi dissera, referindo-se a um condecorado com a Medalha de Honra.

Avançaram junto a muitos mais, atraídos pela música distante que parecia vir do próprio rio, rio antigo, rio derradeiro, com o barqueiro à espera. Os músicos de uniforme azul-escuro estavam perfilados num pequeno recôncavo. Tocavam "Wagon Wheels", *carry me home...* O túmulo ficava perto, a terra recém-escavada sob uma lona verde.

Newell caminhava como num sonho. Conhecia os homens ao redor, mas não de verdade. Parou diante da lápide dos pais de Westerveldt, mortos a trinta anos um do outro, enterrados lado a lado.

Durante a cerimônia, que foi longa, ele achou que havia reconhecido alguns rostos. Uma bandeira enrolada, grossa, foi dada a quem devia ser a viúva com os filhos. Levando flores amarelas de caule comprido, desfilaram junto ao caixão, a família e outras pessoas também. Num impulso, Newell fez o mesmo.

Começaram a disparar salvas de tiros. Uma corneta solitária, argêntea e pura, começou o toque de silêncio, o som vagava pelas colinas. Os generais e coronéis reformados perfilaram-se, todos com a mão sobre o coração. Tinham cumprido missões em toda parte, só não tinham cumprido uma pena de prisão como Newell. A acusação de estupro contra Dardy fora arquivada depois de uma investigação, e Westerveldt conseguira que Newell fosse transferido e pudesse começar de novo. Então os pais de Jana precisaram de ajuda na Tchecoslováquia, e Newell, ainda primeiro-tenente, finalmente conseguira levantar o dinheiro para mandar. A gratidão de Jana foi sincera.

"Ah, meu Deus, como eu amo você!", ela disse.

Nua, ela sentou em cima dele e, acariciando as próprias nádegas enquanto ele quase desmaiava, começou a cavalgar. Uma noite que ele jamais esqueceria. Mais tarde veio a acusação de ter vendido rádios levados do armazém. Ficou calado na corte marcial. Mais que tudo, quisera não estar ali de uniforme, era uma verdadeira coroa de espinhos. Ele trocara o uniforme e as insígnias de prata e o anel de oficial para ficar com ela. Das três cartas ao tribunal que pediam clemência e atestavam bom caráter, uma era de Westerveldt.

Embora a sentença fosse de um ano apenas, Jana não esperou por ele. Foi embora com um sujeito chamado Rodríguez, dono de uns salões de beleza. Ela ainda era jovem, disse Jana.

A mulher com quem Newell se casou mais tarde não sabia nada ou quase nada de tudo isso. Era mais velha que ele, tinha dois filhos crescidos e uma doença nos pés, só podia andar distâncias curtas, do carro ao supermercado. Sabia que ele estivera no Exército — havia algumas fotos dele em uniforme, tiradas anos antes.

"É você", disse ela. "Mas o que você era?"

Newell não voltou com os outros. Não tinha pretexto para tanto. Estavam em Arlington e era ali que todos eles jaziam, perfilados pela última vez. Quase ouvia as notas distantes do toque de reunir. Caminhou em direção à alameda pela qual haviam entrado. Primeiro baixinho e logo numa batida regular, ouviu patas de cavalos, uma junta de seis cavalos negros com três cavaleiros eretos e a carroça, agora vazia, que carregara o caixão, as grandes rodas ferradas crepitando sobre o pavimento. Os cavaleiros, de quepe escuro, não olharam para ele. As lápides em linhas cerradas e contínuas subiam e desciam pelas colinas no rumo do rio, até onde a vista alcançava, todas da mesma altura, aqui e ali uma pedra maior, cinzenta, como um oficial a cavalo entre as fileiras. À luz minguante, pareciam à espera, fatídicas, dispostas como para uma grande investida. Por um instante, ele se deixou exaltar, pensando em todos aqueles mortos, na história da nação, em seu povo. Não era fácil chegar a Arlington. Ele jamais seria enterrado ali; fazia tempo que renunciara a isso. Jamais teria de volta os dias com Jana. Lembrava-a como era naquele momento, quando era tão jovem e tão esguia. Era fiel a ela. Era unilateral, mas estava bem assim.

No final, quando todos se perfilaram com as mãos no peito, Newell ficou de lado, sozinho, batendo continência com firmeza e devoção, como o tolo que sempre fora.

Última noite

Walter Such era tradutor. Gostava de escrever com uma caneta-tinteiro verde que ele costumava levantar de leve ao fim de cada frase, quase como se a mão fosse um aparato mecânico. Sabia recitar versos de Blok em russo e então passar para a tradução alemã de Rilke, assinalando sua beleza. Era um homem sociável mas volta e meia irritadiço, que gaguejava um pouco no começo da conversa e vivia com a mulher do jeito que queriam. Mas Marit, a mulher, estava doente.

Ele estava esperando com Susanna, amiga do casal. Finalmente escutaram Marit descendo a escada e ela entrou na sala. Tinha posto um vestido de seda vermelha em que sempre ficara sedutora, com os seios soltos e o cabelo liso e negro. Nas gavetas de arame branco do closet havia pilhas de roupas dobradas, roupas de baixo, roupas esportivas, vestidos de noite, com os sapatos em confusão logo abaixo, no chão. Coisas de que nunca mais precisaria. E também as jóias, pulseiras, colares e a caixinha de laca com todos os anéis. Ela se demorara na caixinha de laca e escolhera vários. Não queria que seus dedos, agora ossudos, ficassem a nu.

"Você está bonita mesmo", disse o marido.

"Estou me sentindo como quem vai para um primeiro encontro. Vocês estão bebendo alguma coisa?"

"Estamos."

"Acho que eu vou querer também. Com bastante gelo."

Sentou-se.

"Não tenho energia nenhuma", ela disse, "essa é a parte mais terrível. Foi-se embora e não voltou. Não tenho nem vontade de me levantar e dar uma volta."

"Deve ser muito difícil", Susanna disse.

"Você não faz idéia."

Walter voltou com o drinque e o estendeu para a mulher.

"Bem, saúde", ela disse. Então, como se lembrasse de repente, sorriu para eles. Um sorriso assustador. Parecia querer dizer o contrário.

Tinham decidido que seria naquela noite. No refrigerador, havia um prato com a seringa. O médico dela providenciara a ampola. Mas, primeiro, um jantar de despedida, se ao menos ela conseguisse. Mas não deviam ir os dois sozinhos, Marit dissera. Coisa de instinto. Tinham convidado Susanna em vez de alguém mais próximo e pesaroso, a irmã de Marit, por exemplo, com quem aliás ela não se dava muito bem, ou amigos de longa data. Susanna era mais jovem. Tinha o rosto largo e uma testa alta e pura. Tinha ares de filha de banqueiro ou professor, ligeiramente doidivanas. Menina safada, comentara um amigo do casal, com alguma admiração.

Vestindo uma saia curta, Susanna ia ficando ligeiramente nervosa. Seria difícil fazer de conta que aquele era um jantar qualquer. Seria difícil ser desenvolta e genuína. Chegara quando a noite já vinha caindo. A casa, com as janelas iluminadas — as luzes de todos os quartos pareciam acesas —, destacava-se de todas as outras como se algo de festivo estivesse acontecendo.

Marit fitava os objetos da sala, as fotografias nas molduras prateadas, os abajures, os livros grossos sobre surrealismo, paisagismo ou casas de campo que ela fizera planos de sentar para ler, as poltronas, mesmo o tapete com sua bela coloração desbotada. Olhava para tudo como se de algum modo estivesse tomando nota, mas na verdade nada daquilo fazia sentido. Os cabelos longos e o frescor de Susanna, esses sim faziam algum sentido, muito embora ela não soubesse qual.

Pensou que tudo que queria levar eram certas memórias, memórias de antes de Walter, de quando era menina. A casa, não esta, mas a original, com a cama da infância, a janela para o embarcadouro de onde ela vira os turbilhões das tempestades de invernos de outrora, o pai inclinando-se para lhe dar boa-noite, o abajur junto ao qual a mãe estendia o braço e tentava fechar uma pulseira.

Aquela casa. O resto era menos denso. O resto era um longo romance parecido com a sua vida; vamos nos movendo por ele sem pensar muito até que ele termina um dia pela manhã: manchas de sangue.

"Foram tantas vezes", Marit refletiu.

"Desse drinque?", Susanna perguntou.

"Isso mesmo."

"Ao longo dos anos, você quer dizer."

"É, ao longo dos anos. Que horas devem ser?"

"Quinze para as oito", respondeu o marido.

"Vamos?"

"Quando você disser", ele disse. "Não precisa se apressar."

"Não quero me apressar."

Na verdade, ela não tinha a menor vontade de ir. Seria dar um passo adiante.

"Para que horas é a reserva?", ela perguntou.

"Qualquer hora."

"Então vamos."

Começara no útero e passara de lá para os pulmões. No final, ela se conformara. Acima da gola reta do vestido, a pele pálida parecia emanar uma espécie de escuridão. Já não se parecia consigo mesma. Já não era o que havia sido, tinham roubado tudo que fora seu. A transformação era medonha, especialmente no rosto. Tinha o rosto pronto para a eternidade e para aqueles que encontraria por lá. Walter tinha dificuldade de lembrar como ela era em outros tempos. Quase não era a mesma mulher a quem ele fizera a promessa solene de ajudar quando chegasse a hora.

Susanna sentou-se no banco de trás. As ruas estavam vazias. Passaram por casas com luzes trêmulas e azuladas no andar térreo. Marit ficou em silêncio. Sentia tristeza e também uma espécie de confusão. Tentava imaginar como seria tudo aquilo amanhã, quando ela não estivesse mais ali para ver nada. Não conseguia imaginar. Era difícil pensar que o mundo continuaria sem ela.

No hotel, esperaram no bar, que estava barulhento. Homens de camisa, moças falando ou rindo alto, moças que não sabiam de nada. Nas paredes, havia grandes cartazes franceses, litografias antigas, em molduras escuras.

"Não estou vendo nenhum conhecido", Marit comentou. "Que sorte", acrescentou.

Walter vira os Apthall, um casal falante que eles conheciam.

"Não olhe para eles", ele disse. "Não nos viram. Vou pedir uma mesa no outro salão."

"Será que nos viram?", Marit perguntou quando se sentaram. "Não estou com vontade de falar com ninguém."

"Está tudo bem", ele disse.

O garçom usava avental branco e gravata-borboleta preta. Entregou os cardápios e a carta de vinhos.

"Posso lhes trazer alguma coisa para beber?"

"Ah, com certeza", disse Walter.

Examinava a carta, na qual os preços estavam em ordem mais ou menos ascendente. Havia um Cheval Blanc por quinhentos e setenta e cinco dólares.

"Você tem este Cheval Blanc?"

"O da safra 89?", perguntou o garçom.

"Esse mesmo."

"O que é um Cheval Blanc? É um vinho branco?", Susanna perguntou quando o garçom foi embora.

"Não, é um tinto", Walter respondeu.

"Susanna, foi muita gentileza sua vir conosco hoje à noite", Marit disse. "É uma noite muito especial."

"Eu sei."

"Nós não costumamos pedir vinhos tão bons assim", ela explicou.

Os dois jantavam muito ali, em geral perto do bar, com as fileiras radiantes de garrafas. Jamais tinham pedido um vinho que custasse mais de trinta e cinco dólares.

Walter perguntou como ela estava. Estava bem?

"Não sei dizer como estou me sentindo. Estou tomando morfina", Marit disse a Susanna. "Faz efeito, mas...", ela parou. "Há coisas que não deviam acontecer com a gente", disse.

O jantar foi silencioso. Era difícil conversar à toa. Mas beberam duas garrafas de vinho. Não voltaria a beber tão bem assim, Walter não pôde deixar de pensar. Esvaziou o que restava da segunda garrafa na taça de Susanna.

"Não, beba você", ela disse. "Essa é sua."

"Ele já bebeu bastante", Marit disse. "Mas foi bom, não foi?"

"Foi fabuloso."

"Faz a gente pensar que há coisas... ah, não sei, várias coisas. Teria sido ótimo sempre ter bebido um vinho assim", ela disse tudo isso num tom que era muito comovente.

Agora todos se sentiam melhor. Ficaram à mesa mais um pouco e depois se retiraram. O bar continuava barulhento.

Marit ficou olhando pela janela enquanto dirigiam de volta. Estava cansada. Estavam voltando para casa. O vento sacudia o topo das árvores sombrias. No céu noturno, nuvens azuis resplandeciam como se fosse dia.

"A noite está bonita, não está?", Marit disse. "Estou impressionada. Ou estou enganada?"

"Não", Walter soltou um pigarro. "Está bonita mesmo."

"Você notou?", ela perguntou a Susanna. "Com certeza notou. Quantos anos você tem? Eu me esqueci."

"Vinte e nove."

"Vinte e nove", disse Marit. Ficou em silêncio por alguns instantes. "Não tivemos filhos. Gostaria de ter filhos?"

"Ah, de vez em quando acho que sim. Nunca pensei muito no assunto. Acho que a gente tem que ser casada para pensar de verdade no assunto."

"Você vai se casar."

"É, quem sabe."

"Você pode se casar da noite para o dia."

Estava cansada quando chegaram. Sentaram-se na sala de estar como se tivessem chegado de uma bela festa mas ainda não estivessem prontos para dormir. Walter pensava no que estava por vir, na luz que acenderia na geladeira quando abrisse a porta. A agulha da seringa era afiada, a ponta da aço inoxidável cortada num ângulo parecido ao de uma lâmina de barbear. Teria que inseri-la na veia. Tentou não pensar no assunto. Conseguiria, de um modo ou de outro. Estava ficando cada vez mais nervoso.

"Lembro da minha mãe", disse Marit. "No final, ela queria me contar coisas, coisas que tinham acontecido quando eu era menina. A Rae Mahin tinha ido para a cama com o Teddy Hudner. A Anne Herring tinha ido também. Eram casadas. O Teddy

Hudner não. Ele trabalhava com publicidade e estava sempre jogando golfe. E minha mãe seguiu em frente, quem dormia com quem. Era o que ela queria me contar no final. É claro que, naquela época, a Rae Mahin era estonteante."

Então Marit disse:

"Acho que vou subir."

Levantou-se.

"Estou bem", disse ao marido. "Não suba já. Boa noite, Susanna."

Quando ficaram a sós, Susanna disse:

"Tenho que ir."

"Não, por favor, não vá. Fique aqui."

Ela balançou a cabeça.

"Não consigo."

"Por favor, você tem que ficar. Vou subir daqui a pouco, mas não vou conseguir ficar sozinho quando descer. Por favor."

Os dois ficaram em silêncio.

"Susanna."

Sentaram-se calados.

"Eu sei que você já pensou em tudo", ela disse.

"Em tudo."

Após alguns minutos, Walter viu as horas no relógio de pulso; ia começar a dizer alguma coisa, mas afinal não disse. Pouco depois, viu de novo as horas e saiu da sala.

A cozinha era em forma de L, à moda antiga, sem projeto, com uma pia de esmalte branco e armários de madeira repintados muitas vezes. Nos verões, era ali que preparavam compotas quando havia caixas de morangos à venda na escadaria que dava na estação de trem, morangos inesquecíveis, com um cheiro que parecia perfume. Ainda restavam alguns potes. Foi até a geladeira e abriu a porta.

Lá estava, com os riscos traçados no frasco. Havia cem mililitros. Tentou pensar em alguma maneira de não seguir adiante. Se ele deixasse a seringa cair, se a quebrasse e dissesse que a mão estava tremendo...

Pegou o prato e o cobriu com um pano de cozinha. Pior ainda. Baixou o prato e pegou a seringa, segurando-a de várias formas — por fim, quase a escondendo junto à perna. Sentia-se frágil como uma folha de papel, despojado de toda força.

Marit preparara-se. Retocara os olhos e vestira uma camisola comprida de seda marfim. Era a roupa que vestiria no outro mundo. Fizera um esforço para acreditar num além. A travessia seria por barco, como os antigos sabiam muito bem. Sobre as escápulas, viam-se os fios de um colar de prata. Estava cansada. O vinho fizera efeito, mas não estava calma.

Walter parou na soleira da porta, como se pedisse permissão. Marit olhou sem dizer nada. Ele estava com a seringa, ela tinha visto. O coração se agitou, nervoso, mas ela estava decidida a não demonstrar nada.

"Meu bem, acho que...", ela disse.

Ele tentou responder. Viu que tinha retocado o batom, a boca parecia escura. Tinha disposto algumas fotos na cama, ao redor dela.

"Entre."

"Não. Volto já", ele conseguiu dizer.

Correu para baixo. Não ia conseguir; precisava tomar alguma coisa. A sala estava vazia. Susanna fora embora. Nunca se sentira tão completamente só. Foi até a cozinha, serviu um pouco de vodca, sem cheiro nem cor, e bebeu rápido. Voltou a subir, devagar, e sentou-se na cama junto à mulher. Estava ficando bêbado com a vodca.

"Walter", ela disse.

"Sim?"

"Estamos fazendo a coisa certa."

Inclinou-se para segurar a mão dele. Ele se assustou, como se aquilo fosse um apelo a ir junto com ela.

"Sabe", ela disse serenamente, "eu amei você com todo o meu amor. Eu estou meio piegas. Eu sei."

"Ah, Marit!", ele exclamou.

"Você me amou?"

O estômago dele se revirava em desespero.

"Muito", ele disse. "Muito!"

"Cuide-se."

"Vou, sim."

Estava bem de saúde, talvez um pouco mais gordo do que deveria, mas mesmo assim... A barriga redonda e acadêmica era coberta por uma camada de pêlos escuros e macios, as mãos e as unhas eram bem cuidadas.

Ela se inclinou para a frente e o abraçou. Deu um beijo. Por um instante, não teve medo. Viveria de novo, seria jovem como fora outrora. Estendeu o braço. Sob a pele, viam-se duas veias cor de azinhavre. Ele começou a fazer pressão para que as duas saltassem. Ela virou a cabeça para o lado.

"Você lembra", ela disse, "de quando eu trabalhava na Bates e nós nos vimos pela primeira vez? Eu tive certeza na hora."

A agulha tremia enquanto ele tentava posicioná-la.

"Eu tive sorte", ela disse. "Muita sorte."

Ele mal respirava. Esperou, mas ela não disse mais nada. Mal acreditando no que estava fazendo, introduziu a agulha — sem esforço — e lentamente injetou o conteúdo. Ouviu-a suspirar. Ela foi se reclinando de olhos fechados. O rosto parecia tranqüilo. Tinha embarcado. Meu Deus, ele pensou, meu Deus. Ele a conhecera quando tinha vinte e poucos anos, pernas compridas e ar inocente. Agora, como num enterro no mar, ele a entregara ao fluxo do tempo. A mão ainda estava quente. Ele a pegou e levou aos lábios. Puxou a colcha para cobrir os pés de Marit. A casa esta-

169

va incrivelmente silenciosa. Caíra em silêncio, o silêncio de um ato fatal. Não se ouvia nem o vento.

Desceu devagar as escadas. Foi tomado por uma sensação de alívio, alívio e tristeza enormes. Fora, as nuvens azuis monumentais preenchiam a noite. Ficou parado ali por alguns minutos e então viu Susanna, sentada no carro, imóvel. Ela baixou a janela quando ele se aproximou.

"Não foi embora."

"Não conseguia ficar lá dentro."

"Acabou. Entre. Vou beber alguma coisa."

Ela ficou na cozinha com ele, os braços cruzados, as mãos nos cotovelos.

"Não foi terrível", ele disse. "É só que eu me sinto... Não sei."

Beberam em pé.

"Ela queria mesmo que eu viesse?", Susanna disse.

"Querida, foi *ela* que sugeriu. Não sabia de nada."

"Sei lá."

"Pode acreditar. Nada."

Susanna largou o copo.

"Não, beba", ele disse. "Vai ajudar."

"Estou esquisita."

"Esquisita? Não está enjoada?"

"Não sei."

"Não precisa ficar enjoada. Venha cá, venha cá. Espere, vou lhe dar um pouco d'água."

Ela se concentrava em controlar a respiração.

"É melhor você deitar um pouco", ele disse.

"Não, estou bem."

Ele a levou, ainda vestida.

"Susanna."

"Sim?"

"Preciso de você."

170

Ela o ouviu pela metade. Estava com a cabeça caída para trás, como uma mulher à espera de Deus.

"Não devia ter bebido tanto", ela murmurou.

Ele começou a desabotoar a blusa dela.

"Não", ela disse, tentando reabotoá-la.

Ele estava soltando o sutiã. Os lindos seios emergiram. Ele não conseguia desviar os olhos. Beijou-os com paixão. Ela se sentiu empurrada para o lado enquanto ele tirava a colcha de cima dos lençóis brancos. Tentou falar de novo, mas ele pôs a mão sobre sua boca e a fez deitar. Ele a devorou, estremecendo no final como se temesse algo e abraçando-a bem forte. Os dois caíram num sono profundo.

De manhã bem cedo, o sol já estava claro e muito brilhante. A casa, iluminada em cheio, ficou ainda mais branca. Destacava-se das vizinhas, mais pura e serena. A sombra de um olmo alto parecia traçada a lápis nas paredes. As cortinas pálidas estavam imóveis. Dentro, nada se mexia. Nos fundos, ficava o gramado espaçoso por onde Susanna caminhara sem pressa, conhecendo o jardim no dia em que ele a vira pela primeira vez, alta e graciosa. Uma visão que ele não conseguira apagar, muito embora todo o resto só tivesse começado mais tarde, quando ela voltou para refazer o jardim com Marit.

Estavam à mesa tomando café. Eram cúmplices, tinham acordado havia pouco e não se observavam muito de perto. Mas Walter a admirava, mesmo assim. Ficava ainda mais atraente sem maquiagem. Não tinha penteado os cabelos compridos. Parecia muito próxima. Ele teria de fazer telefonemas, mas não estava pensando nisso. Ainda era cedo demais. Pensava no que viria depois daquele dia. As manhãs por vir. A princípio, mal ouviu o barulho a suas costas. Primeiro um passo e depois, bem devagar, um outro, Susanna ficou pálida: Marit vinha descendo as escadas. A maquiagem no rosto parecia dormida e o batom escuro tinha fissuras. Ele olhava sem acreditar.

"Alguma coisa deu errado", ela disse.

"Você está bem?", ele perguntou tolamente.

"Não, você deve ter feito alguma coisa errada."

"Ah, meu Deus", Walter murmurou.

Enfraquecida, ela se sentou no degrau mais baixo. Não parecia notar Susanna.

"Achei que você ia me ajudar", ela disse e começou a chorar.

"Não sei o que aconteceu."

"Tudo errado", Marit repetia. Então, voltando-se para Susanna: "Você ainda está aqui?".

"Estava de saída", Susanna respondeu.

"Não sei o que aconteceu", Walter repetiu.

"Vou ter de fazer tudo de novo", Marit soluçou.

"Me desculpe", ele disse, "me desculpe."

Não conseguia dizer outra coisa. Susanna fora pegar as roupas. Saiu pela porta da frente.

Foi assim que ela e Walter se separaram depois de terem sido descobertos pela mulher. Encontraram-se duas ou três vezes depois, mas sem sucesso. Perdera-se o vínculo que une as pessoas. Ela lhe disse que não podia fazer nada. Só isso.

Agradecimentos

Devo gratidão especial a Rust Hills, por muito tempo editor de literatura da *Esquire*, pelo auxílio e pela boa amizade, e também a Terry McDonell. Sou também profundamente grato a Frank Conroy, pela generosidade e afeição que me permitiram ler algumas destas histórias no Writers' Workshop em Iowa.

Nota da edição

Os contos deste livro foram extraídos das coletâneas *Dusk and other stories* ("Akhnilo", "Crepúsculo", "Vinte minutos" e "A destruição do Goetheanum") e *Last night*, de James Salter.

Alguns deles foram publicados originalmente em:

Grand Street: "Vinte minutos" ("Twenty minutes") e "Akhnilo"

Esquire: "Crepúsculo" ("Dusk"), "Cometa" ("Comet") e "Meu Senhor, Vós" ("My Lord You")

Tin House: "Tão divertido" ("Such fun") e "Entregar" ("Give")

Zoetrope: "Os olhos das estrelas" ("Eyes of the stars")

Paris Review: "Bangcoc" ("Bangkok") e "A destruição do Goetheanum" ("The destruction of the Goetheanum")

Hartford Courant Literary Supplement: "Arlington"

The New Yorker: "Última noite" ("Last night")

Nesta edição de "Meu Senhor, Vós", a tradução do "Canto XCIII", de Ezra Pound, é de José Lino Grünewald (*Cantos*, Nova Fronteira, 2006), e a tradução de "A mulher do mercador do rio: uma carta" é de Mário Faustino (*Ezra Pound — Poesia*, Hucitec/ Editora UnB, 1983).

ESTA OBRA FOI COMPOSTA PELA SPRESS EM ELECTRA E IMPRESSA EM OFSETE
PELA GEOGRÁFICA SOBRE PAPEL PÓLEN BOLD DA SUZANO PAPEL E CELULOSE PARA
A EDITORA SCHWARCZ EM JULHO DE 2008